死にたがりの皇子と臆病な花守

Sakari Teshima
手嶋サカリ

CHOCOLAT BUNKO

ILLUSTRATION yoco

CONTENTS

——私たちは普通の人間ではないの。誰にも、その秘密を知られては駄目よ。正体を知られれば、きっと死ぬよりつらい目に遭うの。

——目立っては駄目。他人に心を許しては駄目。私たちは、時の番人なのだから。分かった？　サスラン、私のかわいい子。

「サスラン。明日は出発が早いから、見送りはいい」

夜の床で、ゆったりと手を伸ばし髪を梳《す》いてきながら彼は言った。寝台に片肘をついて横たわる男の眼差しは今日も温かい。

この皇宮で本宮に次ぐ規模を誇る第二宮には百人以上の使用人が在籍し、主《あるじ》である皇太后の我儘三昧《わがままざんまい》に応えるため昼夜を問わず働いている。だが、その隅に建つ離れに出入りする人間はごく少なく、秘められた夜を見た者はいなかった。

「どうしてこんなに急に……。軍隊を率いての遠征など初めてではないですか」

「交渉に行くだけだ。実際に戦闘が起こることはない。ちょうど良い機会だ」

寝台の脇のランタンの炎が揺らめき、美しい顔の上でちらちらと影が揺らぐ。サスランはその一瞬不安を忘れ、高貴な男の作り物のように整った笑みに見とれた。

「良い機会？」

「約束よりは少し早いが、この遠征から戻ったら、国を出る。兄上にもそう告げた。ずっと話していたことを、実行に移す時だ。サスラン、共に生きよう」

その真摯《しんし》で柔らかな声と言葉に、顔がこわばった。そのことに気づかれたくなくて、咄《とっ》嗟《さ》に俯く。

「サスラン？」

「……どうか、ご無事で」

その言葉を絞り出すのが精いっぱいだった。今自分に願うことが許されるのは、そのくらいだと分かっていた。

衛兵が次の巡回に訪れる前に、この部屋を去らなければならない。

「顔を見せてくれないのか」

「ん、あ、ちょっと」

首を伸ばした男に唇で耳たぶをくすぐられ、サスランは肌を震わせた。

「サスラン、そなた以外、余は何もいらない」

頑なに顔を伏せたままのサスランをそれ以上咎めるでもなく、優しい手が髪を撫で続ける。拒むことはできない。けれど、彼と目を合わせることもできなかった。

聳《そび》え立つ灰色の皇宮とそれを取り囲む外壁。揺れる馬車の中で前に向き直り、サスランは飛ぶような速度で遠ざかる皇宮の景色から目を背けた。

目に焼き付けておこうと思ったけれど、もう見ていられない。これまでの自分のすべてだった場所を離れる不安が膨れ上がる。心細くなってたった一つの荷物である古ぼけた鞄《かばん》を引き寄せ、膝の上に抱え込む。働いていた間の給金はほとんど手を付けていないから、それで当座はしのげるだろう。皇子の従者をしていたなんて信じてもらえないだろうし、紹介状も書いてはもらえなかったから、庭師の職を探したほうがいいかもしれない。

しばらくしてもう一度車窓に目をやると、皇宮を囲む森が昼の日差しに照らされている。皇都の中心部まで乗せてくれると聞いたけれど、あとどのくらいかかるのだろうか。

「…ラン、……サスラン！」

その時、どこからか自分の名を呼ぶ声が聞こえる。驚いて窓から顔を出すと、後方から馬で駆けてくる青年の姿があった。馬はあっという間に追いついて来て、気づいた御者が慌てたように馬車を止める。青年はひらりと馬から飛び降り、そのまま馬車に近づいてくると、扉を開けた。サスランは呆気にとられ、彼の顔を見た。

「サスラン、皇宮へ戻るぞ」

「殿下、カナデに行かれたのでは、というか、お一人ですか？　サキ殿達は」

「置いてきた」

「まさか、正気の沙汰じゃない。皇宮の外で護衛をつけないなんて」

　そこにあったのは、今朝遠征に出たはずのこの国の第一皇子、アウスラーフの姿だった。

「もうサキ達を信用することはできなくなった。サキはもともとカッバーニ家の出で皇太后の子飼いだ。アメジア派がそなたを皇宮から出すとは思わなかった。同じ情報が皇太后の耳にも入っているだろうから、あの女王は余をいよいよ警戒するはずだ」

　日頃とは違う勢いでアウスラーフが捲し立てる。その言葉の意味を全て理解することはできなかったけれど、何か良からぬことが起きているということを、サスランはひしひしと感じた。今日という日は、目覚めた瞬間から、いつもと何かが違っていた。

　朝、珍しい花の香りで目を覚ました。慌てて庭へ行くと、昨日までは蕾さえついていなかった月桃花《げっとうか》が一輪、咲いていた。目覚めに香ったのは、確かにその花だった。なぜその香りが庭から遠く離れた自室まで届いたのか、不思議に思いながら水やりをしていたら、侍従長と見知らぬ貴族風の男たちが現れた。彼らに身の回りのものをまとめるように言われ、第一皇子の従者職を解くと告げられた。理由はお前自身が一番よく分かっているだろう、とも。アウスラーフとの関係が知られていたことには、それほど驚かなかった。男たちは、第一皇子のためを思うなら、そして自身への罰を逃れたいなら、今すぐ皇宮を去れと命じた。

抵抗せずその言葉に従ったのは、こんな日の訪れをずっと前から予感していたからだった。初めて彼と身体を重ねた日から、いつかは終わりがくると、心のどこかで思い続けてきた。ただの使用人が一国の皇子と添い遂げるなど、あってはならないことだ。アウスラーフが二人の未来を囁くたび、サスランは見てはいけない夢の中にいる気がしていた。目立たないよう、誰にも知られないよう生きていくことを教え込まれてきたサスランにとって、その夢は罪そのものだった。

――共に生きよう、などと。

昨夜の彼のあの言葉が、夢の終わりだったのだと、そう思った。罪の代償に、ごくわずかな荷物とせめてもの名残《なごり》にと摘んだ一輪の月桃花だけを手に、サスランは生まれ育った場所を追われた。

「すまない、サスラン。余が読み違えていた。ひとまず皇宮へ戻ろう」

第一皇子・アウスラーフは今日もまっすぐにサスランを見つめる。けれどサスランに、その手を取る気はなかった。

「駄目です、殿下。皇宮へは一人でお戻りに。私のことは忘れてください」

「今さら何を言う。余はそなたさえいればいいと何度も言っているのに、どうして分からない」

　しかしアウスラーフも引き下がらない。

　腕を伸ばしてサスランを引き寄せ、馬車から降りさせようとする。

「兄上に保護を頼んである。早く安全な場所に……」

　そう言いかけたアウスラーフが、後方をちらりと見た。その瞬間、馬車の中に押し戻される。バタン、と扉を乱暴に閉める音が響き、何を、と問う間もなくアウスラーフの身体が覆いかぶさってくる。

　ガシャン、と窓ガラスの割れる音が鳴り、びゅっ、びゅっ、と立て続けに空気が震えた。鈍い音が何度もして、そのたびに馬車が小さく揺れる。「ひい」という御者の悲鳴と、足音。逃げ出したのだろうか。御者台を覗こうと首を伸ばすと、もう一度びゅっと音がして、再びアウスラーフに強く押さえ込まれた。床を見ると、何本も矢が突き立っているのが見えてサスランは息を呑んだ。襲われているのだ、と頭がようやく理解した次の瞬間だった。

「は」

　覆いかぶさるアウスラーフの唇から、短い息が漏れる。自分を抱きしめる身体が振動し、背中に回った腕にぎゅっと力が籠められた。恐ろしさにただ、息を殺す。

ふいに音が止んだ。静寂の中で、アウスラーフの腕が次第に力を失ってゆく。

押し寄せる不吉な気配に、サスランは唇を震わせた。

「殿下……？」

問いかけて身体を起こすと、アウスラーフの身体が糸の切れた操り人形のようにもたれかかってくる。その時、彼の後頭部と背に突き立つ黒々とした矢が目に入った。

「アウス」

出血はほとんどない。けれど、その身体からはすでに生命の気配が消えていた。恐怖に身体が凍り付く。

「アウス、アウス」

名前を繰り返し呼んでも、応えはない。そうこうするうち、後頭部の傷口から血が流れ、俯いたアウスラーフの白い額を真っ赤に染めた。

いつのまにか、外が騒がしくなっている。けれどサスランはそれに構わず必死に手で血を拭った。名前を呼び続けていると、馬車の扉が外側から開かれる。

がしゃがしゃと鎧《よろい》の擦れる音と、数人の声がする。馬車を覗き込んできた顔ぶれに、サスランは見覚えがあった。アウスラーフの護衛兵だ。

「大変です！　殿下が撃たれました。早く皇宮へ」

サスランは反射的にそう叫んだけれど、すぐに様子がおかしいことに気づいた。護衛兵たちは自《みずか》らの主が倒れているのを見て驚くどころか、にやりと笑みを浮かべた。

「おい、今俺たちが追い払ったのは、確かにアメジア派の傭兵だったよな？」

「おう、撃ったのはあいつらだ。見てみろ、あの馬鹿ども、自分たちが肝心《かんじん》の皇子をやっちまったぞ。おかげでこっちは手間が省けたが」

サスランは呆然とした。彼らが何を言っているのか分からない。この者たちは、アウスラーフを守るのが仕事のはずなのに。

「……どういう、こと……？」

「遺体を回収しろ。その目で確認なさるまで、あの方は絶対に納得しない」

低く命じる声がして、護衛兵が背後を振り返る。奥から現れたのは、ぴっちりと撫でつけた暗い金髪と鋭い目つきの男。その男――護衛主任のサキはサスランを見て、唇の端を歪《ゆが》めた。

「お前が生き残ったか。それならそれで、この状況を証言させるには都合がいい。あの方が殺したということになっては困るからな。おい、サスラン、来い」

「サキ殿、一体どういうつもりですか、殿下が」

「運が良かったな。あの矢はお前を狙ったものだぞ」

サスランの頭は混乱を極めた。

何を言っているんだ。

あの矢はアウスラーフではなくて自分を狙ったものだった？　その矢でアウスラーフは死んだ？

なぜサキ達はアウスラーフの死を当然のように受け入れ――むしろ歓迎している？

「ほら、お前、皇子を寄越せ」

そうすごんだ若い護衛兵は、ごつごつした手を伸ばしてくる。サスランは反射的にアウスラーフの身体を抱き込み、男に背を向けた。力のない腕が、だらりと垂れる。一瞬前まで、自分を抱きしめていた腕が。

彼に愛されるたび、暗い未来を予感していた。けれどまさか、こんな形で終わるなんて。

「嫌だ」と思った。

涙が一滴、瞳から零れ落ちる。その瞬間、ふわりと月桃花が香った。

濃厚な花の香りの中を、ゆらゆらと意識が漂う。

自分が今、眠っているのか起きているのか、目を閉じているのか開いているのかも分からない。何も見えない。

アウス！

ただ闇雲に叫ぼうとするけれど、声が出ない。彼を呼ぶことができない。そのことが苦しくて息を詰めていると、ふっと何かが耳に響いた。

――私たちは普通の人間ではないの。誰にも、その秘密を知られては駄目よ。正体を知られれば、きっと死ぬよりつらい目に遭うの。

――目立っては駄目。他人に心を許しては駄目。私たちは、時の番人なのだから。分かった？　サスラン、私のかわいい子。

それは記憶の中に眠る声だった。

母さん？

そう問いかけようとした瞬間に、突如《とつじょ》として意識が浮上した。

「っは」

まるで無理矢理に意識を身体の中に押し込まれたように、唐突に目が覚める。

「アウス」

最初に口からこぼれたのは、その名前だった。意識が途切れる前までの出来事を反芻《はんすう》する。アウスラーフが討たれ、この腕の中には彼の冷たい身体があった。

咄嗟に手元を見ようとし、自分が寝台に横たわっていることに気づく。弾かれたように身体を起こすと、そこは見慣れた宿舎の屋根裏で、サスランはぽかんとした。

夢でも見ていたのだろうか。突然解雇を告げられ、皇宮を出る馬車に乗った。その馬車をアウスが追いかけてきて、そして、馬車の中で……。

夢にしては、あまりに現実味があった。倒れ込んできたアウスラーフの身体も、流れた血の生ぬるさも、そのにおいも。

夢だったならよかったと思い、カラカラになった喉を潤そうと立ち上がる。そこでふと、違和感を覚えた。もう一度ゆっくり部屋を見まわすと、抱えるほどの大きさの古ぼけた水がめが目に入る。

「え……？」

あの水がめは、随分前に割れたはずだ。いや、水がめなんてどれも似たようなものだから、別物か。一度そう納得しかけて、眉間に皺《しわ》が寄る。

いや、そもそも、ここはアウスの従者に取り立てられたときに出た、今はもう使っていない部屋だ。なぜここで目が覚めたのだろう。違和感がさらに大きくなって、混乱する。

手元を見ると、腕が一回り細い気がした。髪に触れるとごわごわとしていて、数日に一度しか身体を洗わせてもらえなかった頃のことを思い出す。着ている服はつぎあてだらけのシャツとズボン。庭師だった時の仕事着だ、と気づくと、背筋にぞっと冷たいものが走った。

ふらふらと立ち上がって歩き、水がめを掴む。空の水がめを持ち上げてひっくり返すと、中から数枚の銀貨が転がり出た。散らばった硬貨を見て、息を呑む。

年に一度の建国祭に、使用人全員に一枚ずつ配られる銀貨。使い道のないそれを、庭師見習いとして働き始めた十の歳から貯め込んでいた。この、水がめが割れるまでは。

つまり、この水がめは確かに、割れる前の水がめなのだ。

「……まさか……」

一つの可能性が頭に浮かんだ。

時が戻っている、のか。

目の前でアウスラーフが死んで、時が戻った。いや、自分が戻した――のかもしれない。

その可能性がある。にわかには信じられず、呼吸が浅くなる。目覚める寸前に聞いた母の声が、再び頭の中に鳴り響いた。

――私たちは普通の人間ではないの。誰にも、その秘密を知られては駄目よ。

お前には時を戻す力があると、確かにそう言われて育った。

母にも、母の母にも同じ力があったらしい。母はその力を知った何者かに狙われ、家族と離れ離れになった後、この皇宮に身を隠し生き延びたらしい。母はサスランに、力を絶対に使ってはいけない、その力のことを知られてもいけない、ときつく教え込んだ。そしてサスランに力の使い方を教えることなく、サスランが十になった年に死んだ。だからサスランはこれまで実際にその力を使ったことがなく、どこか他人事のように考えていた。けれど今、現実に、時が戻っているのでなければあり得ない光景が目の前に広がっている。

手足の先が冷たくなってくる。母にあれほど禁じられていた力を使ってしまったのだろうか。どうしよう。力の使い方なんて、知らなかったのに。覚えているのは、あの瞬間、月桃花が強く香ったことだけだった。

目の前でアウスが死んだ。それがショックで、自分は時を巻き戻したのだろうか。サスランは両腕で自分の身体を抱きしめた。たった一人の家族だった母が死んだときにさえ、発動しなかったのに。

アウス――アス皇国第一皇子、アウスラーフ・ウールド・スタイフは確かにサスランの恋人だった。

第二宮の下女だった母に使用人宿舎の粗末な寝台で産み落とされたサスランは、皇宮を一歩も出ることなく育ち、やがて母が亡くなると十歳で庭師見習いとして働き始めた。

サスランが十五歳になった頃、この皇宮にアウスラーフがやってきた。そしてその二年後、第二宮の庭でサスランは彼と出会った。サスランは十七、アウスラーフは十五、お互いに同年代の子供と話すのはほとんど初めてで、自然と惹かれ合った。

どこか陰があるけれど物静かで穏やかなアウスラーフにいつしか愛を乞われるようになり、母以外の愛や優しさを知らなかったサスランは、与えられるままにそれを受け入れた。

彼と過ごす時間は、確かに幸福だった。けれどそれが長く続くものでないことを、サスランははっきりと理解していた。

サスランは内向的で、従順で、感情の起伏に乏しい子供だった。それは母がそのように育てたせいでもあったし、サスランが育った環境のせいでもあった。妊娠を周囲に隠し通した母は、五歳になるまでサスランを衣装箱に閉じ込めて育てた。言葉を話せるようになっても、サスランに母以外の話し相手はいなかった。使用人宿舎とその小さな裏庭、そこに茂る草木だけが、サスランの世界だった。母が亡くなり、皇宮で働き始めても、その状況はほとんど変わらなかった。面倒を見てくれた老庭師が皇宮を去ると、サスランは完全に一人ぼっちになった。

サスランには、自分の感情がよく分からない。ただ、目立ってはいけない、誰にも心を許してはいけないという、母の教えだけが身に染みついていた。それでも、アウスラーフから注がれる優しさが、ひどく心地《ここち》よいのは確かだった。

　一方で、愛していると言われると、いつも胸が騒ぎ、困惑した。サスランは愛がどんなものか知らなかった。ただ、自分のような存在が、彼の愛を受け取ってはいけないということだけは、直感的に理解していた。

　だからお前の存在は第一皇子のためにならない、と解雇を言い渡されたとき、サスランは素直に従った。心のどこかでは、安堵さえしていた。

　まさか彼が自分を追ってくるとは、思ってもいなかった。そして自分を庇い、目の前で倒れ――。

　その様子を鮮明に思い出してしまったサスランは、頭を抱えてしゃがみ込んだ。耐えられなくて、その光景を頭から追い払おうと必死に頭を振る。何度も目を瞬くと、ふと足元の硬貨が目に入った。現実逃避にその数を数えると、全部で七枚。この数をありのままに解釈するなら、今の自分は十七歳ということになる。

　四年も、時が戻っている。

　のろのろと立ち上がり、状況を把握《はあく》しようと屋根裏部屋の小窓から外を見ると、すでに日はとっぷりと暮れていた。なのに、耳を澄ますと人々の歓声や楽器の音が微かに聞こえてくる。サスランは混乱し、しかしほどなくして答えにたどり着いた。この騒がしさからすると、まさに今日が建国祭なのかもしれない。

考え始めるとじっとしていられなくて、ひとまず部屋を出ることにする。跳ね上げ式の梯子《はしご》階段を下ろし、染みついた習性で出来るだけ音をたてぬよう廊下に降りる。階段を元に戻し、宿舎を出たサスランは、第二宮の地下を目指した。

建国祭の夜、主たちが晩餐を終えた後は、使用人にも宴会が許されている。この時間なら、地下の食堂に皆が集まっているはずだった。

いつもなら宴会になど絶対に近寄らないが、ここが本当に四年前の世界なのか、確かめるには手っ取り早い。そう思うと、自然と早足になった。

「栄光あるアス皇国に乾杯‼」

地下への階段を下りていくと、すぐにむっとするような酒のにおいが鼻を突いた。恐る恐る食堂へ足を踏み入れると、酔っぱらいの大声と、食器がぶつかる音、誰かがかき鳴らす弦楽器のでたらめな調べやらがまじりあい、頭が割れそうなほどうるさい。普段は二台並んでいる大机の片方がどけられ、そのスペースでは男女の使用人が入り乱れ踊っていた。

　一年に一回、はめを外すことが許される場だということは知っていたが、これまで一度も建国祭の宴会に参加したことのないサスランは、使用人たちの乱れた姿に圧倒された。居場所がなくひとまず壁に張り付いていると、今しがたサスランの入ってきた入口から数人の下女が現れる。みなひどく疲れた様相だった。

「おう、女王様のお守りはようやく解放か。お疲れさん」

「まったく、ひどい目に遭ったわ。お召替えのドレス、直前になって予言者が緑じゃなくて赤がいいなんて言い出してさ、女官は大慌て。こっちは右へ左へ走りまわされて、もうへとへとと」

「あの予言者、最近外れ続きだから焦ってるのよ。早くクビにしてほしいわ」

「サンドイッチは残っているぞ。お待ちかねの大鍋もこれからだ」

　空いた椅子に倒れこむようにして座った下女たちに、太った料理番の男が声をかける。あの料理番は確か、食材の横領がばれて三年ほど前にくびになったはずだ。サスランはごくりと唾を飲み込んだ。その料理番の隣で、ジョッキを呷っていた下男が声を上げる。

「食事っていや、西の塔のエサはどうなってる？」

「あんなんでも第一皇子だからな、今日は本宮で陛下と一緒に晩餐だよ。陛下の前じゃ女王様だって大人しくしてるだろうから、久方ぶりにまともな食事にありついただろうさ」

その言葉を聞いて、サスランは硬直した。

間違いなく、時を戻ってきた。ここが四年前の世界だと実感する。四年前、十五歳のアウスラーフは女王様――皇太后の支配するこの第二宮の西の塔で、軟禁状態にあった。

この頃のアウスラーフの待遇は、とてもこの国の第一皇子とは思えないものだった。まるで牢屋のような部屋に閉じ込められ、外出はほとんど許されない。皇族であれば本来この皇宮の朝食室や晩餐室で豪奢《ごうしゃ》な食事をするものなのに、日に二度部屋に運び込まれる粗末な食事を、折檻しか頭にない衛兵に監視されながら取らなければならなかった。その食事にたびたび毒が盛られることだけが、彼の血筋を証明していたような有様だった。

「今日は運ばなくていいのか。こりゃありがてぇ。夜の食事の頃にゃ大抵衛兵どもが鞭を振るってるからな。見るだけでこっちの食欲が失せちまう」

「滅多なこと言うもんじゃないよ。その鞭は女王様が命じた立派な『ご教育』なんだから」

サスランは思わず目を伏せた。その鞭がどれだけ彼の身体を痛めつけたのか、サスランが知ったのは初めて夜を共にしたときだ。幾筋もの傷跡が残る背中を、アウスラーフはあまり見せたがらなかった。

現皇帝の母で、第二宮の主である皇太后は、夫である前皇帝と隣国アメジアのさる貴婦人の間に生まれたアウスラーフを、蛇蝎《だかつ》のごとく嫌っていた。

彼女は、夫が退位し、自身の息子・アクラムが皇位についた時、空席になった皇位継承権第一位――すなわち第一皇子の席に、自身の甥を座らせようとした。ところがその時、これまで隠されていたアウスラーフの存在が明らかにされ、あれよあれよという間にアメジアからこの国に連れてこられ、第一皇子となってしまったのである。その時から皇太后は彼を憎み続けている。

皇帝となったアクラムにはほどなくして嫡男が生まれ、彼女はこの初孫を溺愛《できあい》した。アス皇国では男性皇族が皇位継承権を得られるのは七歳になってからだ。もし初孫が七歳になるまでに現皇帝が倒れれば、皇帝の座はアウスラーフのものとなる。そのため彼女はアウスラーフを自身の宮に幽閉《ゆうへい》し、じわじわと痛めつけながら皇宮から排除する機会を窺っているのである。

「しっかし、あんなふうに罪人みたいに扱うなら、なんでわざわざアメジアから連れてくるかねぇ……。その前に殺しちまえばよかったものを」

下男が恐ろしいことを言う。サスランはぐっとこぶしを握り締めた。

こんなふうに考えている使用人は少なくない。この第二宮での仕事は、主である皇太后の機嫌に全てが左右される。存在するだけで彼女の気分を害する第一皇子は、どの使用人にとっても厄介《やっかい》な存在だった。

そして彼にアメジアの血が流れているということも、彼への気持ちを複雑化させていた。彼が単なる妾腹の皇子であったなら、もっと彼に同情する者も多かっただろう。国境を接しているだけにいざこざの絶えないアメジアを、誰もが良くは思っていない。案の定、アメジアの名が出た途端に、下女達がくだを巻き始めた。

「アメジア人なんて皆ろくなもんじゃないわ。故郷の町じゃ盗みをすんのはだいたいアメジア人と相場が決まってた。髪や目の色と同じに、お腹の中も真っ黒なのよ」

「その上、自分らが貧乏なのはお上のせいだって騒ぎやがる。この国はアス人のものなんだから、ここでアス人と同じに扱えなんて、ずうずうしいにもほどがあるんだよ。税金が不満ならてめぇらの国に帰りゃいいんだ」

逆行前にも、こんな物言いは数限りなく耳にしていた。握りしめたこぶしが震える。

彼らに反論しても何にもならない。幾度となくそうしてきたように、今回も受け流せばよい。頭ではわかっているのに、なぜか今日、サスランは我慢できなかった。

「もとはといえば、アス皇国が無理にアメジア国の一部を併合したからではないですか」

それがアメジアとアスの因縁の一端だ。数十年前の戦争で、アスはアメジアとの戦いに勝利してその領土の一部を奪い、その地の民を皇国民とした。そして新たに統治者となったアス人の領主が、アメジア民族にだけ税を課し始め、それが全土に広がったのである。

隣国同士国民の行き来はあったから、この国には少なくない数のアメジア民族が皇国民として暮らしている。少数だが貴族の中にも、アメジアの血が流れる者や、アメジアとかかわりの深い者がいる。彼らはアメジア派と呼ばれ、皇国のアス民族優先主義に反対し、親皇族派と呼ばれる皇国貴族の主流と対立している。親皇族派は家門が古く保守的な貴族が多いため、彼らを嫌う新興貴族の中にはアメジアと関りがなくともアメジア派に与する貴族もおり、対立は複雑化していた。

アウスラーフをこの国に連れてきたのは貴族院の重鎮たちであったと聞いたことがある。彼らは、アウスラーフの血筋の正当性と、国内で燻るアメジア民族の不満を解消させる狙いを貴族院で主張したらしい。要するに、この国はアメジアの血が流れている者であっても皇室に迎え入れる度量があると、アメジア派に示すためだ。そしてその表向きの主張の裏には、皇太后の権力がこれ以上拡大しないよう牽制する意図があったのだそうだ。

様々な思惑の中で祖国から引き離され、孤立無援で命を脅かされながら生きるアウスラーフのことを思うと、胸が痛くて仕方がなかった。

「無理にこの国の民にされ、不当な扱いを受けたのなら、不満を持つのも当然です」

勢いでそう続けた後、サスランは自分がこんなに大勢――といっても聞いているのはせいぜい四、五人だが――の前で話すのが初めてなことに気づき、震えた。

これまで、目立たないことだけを考えて生きてきたのに、突然なんてことをしてしまったのだろう。アウスラーフの死を目の当たりにしたショックで、頭がおかしくなっているのかもしれない。

「誰、あんた。見ない顔ね」

「たしか、庭師の子よ。口が利けないって聞いたけど、喋れたのね」

「へええ？　で、こいつはアメジア民族主義者なのか？　それとも実はアメジアの出なのか？　だからそんなみっともない灰色の頭をしてんのか」

使用人たちはサスランを一斉に胡乱《うろん》な目で見つめ、罵倒《ばとう》の言葉を投げてくる。こんな大勢の視線を一度に集めたことなどないサスランは、恐怖に凍り付いた。

「よく見りゃ目も変な色だな、こっちきて、もっとよく見せてみろよ」

下男が立ち上がり、おぼつかない足取りでこちらに近づいてくる。サスランがなおも硬直していると、その視界を誰かが遮《さえぎ》った。

「……その辺にしておけ。酒がまずくなる」

「なんだよハズル、いいじゃねぇか。お前には関係ないだろう」

にやにやと笑う下男の言葉を聞いて、サスランは目の前の男をまじまじと見た。刈り込んだ茶色の髪、高い背丈と胸板、自分の倍もありそうな太い腕に、いかめしい顔。ハズル、そうだ。この男は確かにハズルといった。

サスランの周囲にいる使用人は、大多数がサスランに注意を払わない。それはサスランが望んでそう仕向けているからだったが、それでも関心を向ける人間がいないわけではなかった。しかし、サスランに構う使用人の大抵は、ただ面倒ごとを押し付けようとか、ひ弱な存在をいたぶって憂《う》さを晴らそうとする、サスランにとっては迷惑な存在でしかない。その中でハズルは、重い荷を一人で運ばされているところを助けてくれたことがあったりして、好感を抱いていた。

その時ふとサスランの頭の中に蘇《よみがえ》る記憶があった。四年前の建国祭の宴会で悲劇的な事故が起きたのではなかったか。酔っぱらい同士の小競り合いがあって――。

「ガキに絡むな。もうすぐ大鍋もくるし、大人しく飲んでいろ」

「うるせぇよ。なんだ、侍従長に気に入られてるからっていい気になって。やるのか?」

大鍋、と耳にして、サスランの記憶は鮮明になった。建国を祝う宴《うたげ》のメインディッシュ、様々な肉や野菜を煮込んだ大鍋。煮立った鍋を運び込むとき、その中身を被って大火傷《おおやけど》を負い、仕事ができない身体になった者がいたはずだ。

はっとして出入り口の方を見ると、厨房の下働きの少年達が二人、湯気のもうもうと立つ大鍋を両側から支えながら運び入れるところだった。ハズルと下男はそれに気づかず、言い争いを続けている。

「お前みたいな小男と？　俺はお前と違って弱い者いじめは好かない」

「何だと……っ」

酔った下男がハズルに向かって突進する。ハズルは冷静にその身体をひょいと躱《かわ》し、下男がみっともなくつんのめって周囲から失笑が起こる。いきりたった下男は、ハズルの腰に組み付いた。そのまま大机に押し倒そうというのか、闇雲に前進しようとする。じりじりと押され面倒そうに舌打ちするハズルの後ろには、鍋を運ぶ少年たちがいた。少年二人は鍋を運ぶのに必死で、背後の争いに気づく様子はない。

「危ない！」

サスランは咄嗟に叫んだ。その声に素早く反応したハズルが背後の少年たちに気づく。慌てて下男を床に転がしたハズルの背中が、少年の背中とぶつかった。

「あっ！」

衝撃で鍋の表面が揺れ、なみなみと入っていた煮込みが少し床に零れる。

けれど、起こったのはそれだけだった。

「おい、危ないだろうが！」

ハズルが怒鳴《どな》りつけ、下男がはっとする。

鍋は無事、大机の中央に置かれた。料理番が得意気に配膳を始める。下男を解放したハズルが、近づいて声をかけてきた。

「おい、大丈夫か？　さっきはお前が叫んでくれて助かった」

ぽん、と肩をたたかれて思わず後退りする。怪訝《けげん》そうなハズルにただ首を振って、サスランはそのまま食堂を出た。

階段を上がりながら、だんだんと早足になる。第二宮を出るころには駆け足になり、ひっそりとした宿舎の裏庭にたどり着くと、勢いのまま草むらに身を投げ出した。

両目に夜空を映しながら何度もまばたきして、起こった出来事を反芻する。

四年前の建国祭。大火傷を負って暇を出された使用人の名はハズル。けれど今夜、そんな事故は起こらなかった。おそらく、自分が叫んだという、ただそれだけのことで。

は、と詰めていた息が漏れた。

間違いなく、自分は時を戻った。それどころか、自分はハズルの運命を変えたかもしれない。ハズルは怪我《けが》ひとつしなかった。もし本当に、自分がハズルを救ったのだとしたら。未来から戻った自分は、運命を変えることができるということか。

——だとすれば。

次の瞬間、サスランが考えていたのはもう、ハズルのことではなかった。

今から四年後に起こることを、変えることもできるのかもしれない。

落ち着け、順番に考えろ、と逸る思考を抑え込み、時が戻る前の記憶を辿る。

馬車の中で、自分に覆いかぶさったアウスラーフは矢で撃たれた。

矢を放った「アメジアの連中」が狙っていたのはお前だと、サキは言っていた。冷静になった今なら、その理由が分かる。

アメジア派の貴族たちは、アメジアの血が流れるアウスラーフを皇帝の座につけようと躍起になっていた。一方でアウスラーフは権力に興味がなく、恋人である自分といずれ国を出るつもりでいた。そして彼は実際に、現皇帝の嫡子が皇位継承権を得られる年齢に達したら皇籍を捨て国を出るという約束を、兄である現皇帝と密かに交わしていた。

その密約が、アメジア派の知るところとなったのだろう。そこでアメジア派は、邪魔な自分を処分しようとしたのだ。結果として、帝とすべき者を自ら殺めてしまうことにはなったけれど。

つまり——。自分のせいで、アウスラーフは死んだ。

それはあまりに重い事実だった。

「……愛してはいなかったのに」

夜空に向かって呟くと、口元が引き攣った。

自分はいつも、いつかくる終わりを見据え、彼の愛を恐れていた。それでも彼を拒むことはできず、彼の優しさを貪《むさぼ》った。なんて卑怯《ひきょう》な人間だろう。彼がくれるのと同じだけの愛を、返せるか分からなかったのに。

「ごめ……っ」

謝罪とともに、嗚咽が口から漏れる。もっと早く彼のもとを去っていれば、自分が命を狙われることはなく、代わりに彼が死ぬこともなかった。

その後悔の気持ちが、無意識のうちに時を戻させたのかもしれない。

ごめん。ごめんなさい。アウスラーフ。

夜風が吹いて、草がさわさわと揺れる。サスランは微動だにせず胸の裡で懺悔《ざんげ》を繰り返す。

どのくらいそうしていただろう。のろのろと上半身を起こすと、夏の夜空に浮かぶ真ん丸な月が目に入った。

――美しいな。サスラン、そなたと見る月が一番美しい。

優しい彼の声がふと耳に蘇る。アウスラーフとの逢瀬はいつも夜だった。物静かな彼と、言葉を知らない自分の間に、会話は少なかった。だからかもしれない。たわいない会話のひとつひとつを、よく覚えている。彼が月を美しいと言ったのは、彼から初めて口づけを受けた夜だった。

今、この月を、アウスラーフも西の塔から見ているだろうか。孤独なその姿を想像すると、胸が締め付けられる。けれどその痛みは同時に、ある事実をサスランに教えた。

時は戻った。だから今、アウスラーフは生きている。彼が死を迎えるまで、四年もの時がある。きっと、自分にも何かできることがあるはずだ。そう思うと力が湧いてくる。

立ち上がり、もう一度月を見上げると、答えはすぐに降ってきた。あまりに簡単な答え。

――このまま、彼と出会わなければいい。

今が十七の夏なら、アウスラーフは十五。つまり出会う前に、自分は戻ってきたことになる。このまま彼と出会わず、恋に落ちなければ、あんな悲劇は起こらないはずだ。

もともと一介の庭師と第一皇子という身分で、出会うことの方が難しい。そこまで考えて、サスランは自分が今まさに彼と出会った場所にいることに気づいた。ぐるりと首《こうべ》を回《めぐ》らせ、背後を見る。

ひっそりと佇《たたず》むタルハの古木を目にした途端、あの日の情景が鮮やかに脳裏《のうり》に蘇った。

母のおさがりの外套を羽織っていても、身体が芯から凍ってしまいそうなほど寒い夜だった。出入りの行商人から珍しい花の種を分けてもらった当時の自分は、その夜を心待ちにしていた。寒さの厳しい満月の夜に植えると、春に綺麗な花を咲かせると、母から聞いたことがあった。皆が寝付いた頃、宿舎をそっと抜け出し、手入れのされていない裏庭の一角で、彼を見つけた。

タルハの古木に、その細い身体はぶら下がっていた。

驚き、彼に抱きついてその首の縄を解こうとした。抵抗する彼ともみ合っているうちに、枝が折れ、彼は助かった。その時初めてアウスラーフと言葉を交わした。それがすべてのはじまりだった。

庭に行かなければ、出会わなくて済む。そう考えたサスランは、すぐに問題に気づいた。あの夜、自分が庭に行かなかったら、アウスラーフは自死を遂げていたかもしれない。そうしたら彼はたった十五年でその生涯を閉じることになる。

そんなのは絶対に駄目だ。一体、どうしたら。

突っ立ったまま考えていると、にぎやかな話声が風に乗って耳に届く。宴会を引き上げてきた使用人たちの姿が見え、その中にハズルの姿もあった。いつも通りのしかめ面だが、いたって元気そうだ。

どくん、と再び胸が高鳴る。

逆行前の自分は、何も持たなかった。けれど今の自分には、記憶という武器がある。もしかしたら、アウスラーフを助ける道を見つけられるかもしれない。

自分でも不思議だった。目立たないように、人と関わらないようにと、そう教えられ、ずっとその通り生きてきたのに。

「お助けします、必ず」

アウスラーフ、と名前は胸の裡でだけ呟いて、サスランは歩き出した。

朝の光の弱さが、夏の終わりを告げている。杢月糖《もくげつとう》の茎を曲げ、硬さを確かめたサスランは眉間に皺を寄せた。

「あとでもう少し水をあげるね。今年は大雨がなかったから」

語りかけて手を引っ込めると、まだ明けきらぬ空を仰ぐ。そろそろ時間だ。水桶を手にして庭師小屋の裏の井戸へ向かった。

建国祭の翌日から、サスランは行動を起こしていた。アウスラーフが自死しようとするあの冬の夜まで半年の時間があるはずだった。

まずやることにしたのは水の差し入れだった。

第二宮で虐待されていた時代、一番辛かったのはまともな水を手に入れるのが難しかったことだとアウスラーフから聞いたことがあった。

地味だが効果的な嫌がらせとして、アウスラーフの部屋に届けられる水には結構な頻度で下水や泥、時には毒薬までもが混ぜられていたという。喉を潤すことも、身体を清めることも、安心して使える清潔な水がなければ不可能だ。いつまでも綺麗な水が手に入らないときは、泥水さえ飲み、それで結局腹を壊したりもしたらしい。

庭師の身でできることは少ない。けれど綺麗な水をアウスラーフに届けることはできるのではないかと思いついたのだ。

西の塔の衛兵たちの行動パターンは把握していた。彼らの本来の仕事は塔の見回りなのだが、アウスラーフに鞭をふるっているときは、塔の中を巡回はしていない。そのすきに、綺麗な水の入った桶を届ける計画を立てた。

現在アウスラーフの住んでいる部屋は、中で隣の小部屋とつながっている。もとは従者用で、今は使われていないその部屋に、水桶を置いておくのだ。衛兵たちは知らないが、アウスラーフはその部屋に通じる鍵を隠し持ち、たまに隣室を通って塔を抜け出していることをサスランは知っていた。

隣室の予備の鍵を保管箱から盗み出すのには苦労したが、それ以外は拍子抜けするほどうまくいき、以来、サスランはせっせと水を運ぶようになった。アウスラーフもすぐに、水の存在に気づいたようだった。

サスランが水を汲む庭師小屋の井戸のそばには、杢月糖という白い花が咲いている。ある時、水を運ぶ際に杢月糖の小さな花弁が水桶に入ってしまったことがあった。それをそのまま届けた後、次に水桶を取り替えに行くと空になった桶の縁にその花弁が張り付いていた。それが何となく気になって、試しに次の水桶にもその花びらを浮かべておくと、やはり同じ位置に花弁の付いた空の桶が戻されてきた。小さな白い花びらは、水の差し入れの秘密の合図になった。

時間の巻き戻ったこの世界で、アウスラーフと出会うつもりはなかったけれど、それでも花びらを通して意思疎通できることが、ひどくうれしかった。

水の他にも何かしてあげたかったけれど、その方法がなかなか思いつかないまま、今日もサスランはひとひらの花弁を浮かべた桶を下げて、西の塔へと向かった。すっかり覚えてしまった衛兵の巡回ルートを避け、見張りのいない裏口から塔へ侵入する。アウスラーフのいる最上階へ上がると、今も「教育」の最中なのだろう、部屋の前は無人だった。音を立てないよう細心の注意を払って鍵を開け、隣の部屋に滑り込む。

寝台と棚があるだけで、石の床がむき出しの質素な小部屋は、以前はアウスラーフの侍従が使っていた部屋だ。今の時点から半年ほど前、アメジアからアウスラーフに付き従ってきた老侍従はここで亡くなった。アウスラーフにつけられた毒見番がお飾りだと知っていた侍従は、代わりにその役割を担い、老体《ろうたい》に度重なる毒を受けついに命を落としたのである。その命日の一年後に、アウスラーフは自死を決行することになる。

アメジアでは、死者の魂は一年間地上に留まるとされる。律儀《りちぎ》に忠臣を弔《とむら》ったアウスラーフは、もはや未練のないこの世に別れを告げようとしたのである。これはすべて、彼から直接聞いたことなので確かだ。

侍従が死ぬ前に戻ってくることはできなかった。だからこれからの数か月で、アウスラーフを思い留まらせなければならない。今、できているのは水の差し入れだけだけれど。

小部屋に水桶を置いたサスランは、いつもと様子が違うことに気づいた。

耐え難いことだけれど、この部屋に入るときはいつも、アウスラーフの部屋からは鞭の音や罵声《ばせい》が絶えず、それが壁越しに聞こえてくる。けれど今日は、しんと静まり返っていた。隣室で人が動いている気配もない。塔の下から見上げた時、いつもの通り部屋の明かりはついていて、部屋の前にも兵はいなかったのに。

何か良からぬことが起こっているのだろうか。サスランはひやりとし、隣室に通じる扉にぴたりと張り付いた。その時、足元の水桶に足が当たって鈍い音が立ち、しまったと思う。

「……誰かいるのか？」

扉の向こうから声がした。小さくはあるが、はっきりと聞き取れたその声に、サスランは息を呑んだ。驚いて叫びそうになるのを、すんでのところで口を覆って耐える。

「もしや、杢月糖の者か？」

そっと窺うように、その声が再度尋ねた。サスランは口を塞いだままでいた。

アウスラーフだ。アウスラーフの声だ。

彼は、生きている。あの襲撃以来初めてまともに彼の声を耳にして、サスランは自分でも驚くほど動揺していた。彼が生きていることは分かっていたし、花びらの合図を送りあってもいたのに。それでもじかに彼の声を聞くと、信じられないほどの安堵と歓喜が湧いてくる。思わずぼうっとしそうになり、そんな場合ではないと頭を振る。

こんな風にこちらに話しかけてくるということは、今アウスラーフは部屋に一人なのだろう。衛兵たちはどこへ行ったのか。疑問が湧くけれど、それよりも、今はとにかくアウスラーフに正体を知られるとまずい。このままなんとかやり過ごさなければ。

その時目の前のドアが開けられそうになってサスランは慌てて押し戻した。

「やはり、そこにいるのだな。そなたは誰だ？」

ドアに力をかけながら、アウスラーフが問いを重ねる。サスランが黙ったまま必死に扉を押さえていると、アウスラーフは間もなく押すのをやめた。

「顔を見られると困るのか？　そなたが拒むなら、この扉を開けはしない。ただ、教えてくれ。そなたは杢月糖の者か？　なぜ水を運ぶ……っ、ゴホッ」

「殿下」

思わず声が出てしまい、はっとする。

「ゴホッ、っ、く」

「身体を悪くされているのですか」

会話をしてはまずいと思ったが、聞かずにはいられなかった。最近第一皇子の姿を見かけた使用人たちの間では、そのやせ細った姿は亡霊のようだともっぱらの噂だった。彼が病《やまい》で死ぬことはないと知っているが、こうして弱る彼を目の当たりにすれば平静ではいられない。西の塔では、暖炉も満足に使えなかったと聞いたことがある。

「殿下……必ず私が殿下をここから出してみせます」

思わずそう口走った時、廊下の方からにわかに人の声がした。

「おい、薬湯《やくとう》を持ってきてやったぞ」

衛兵たちが戻ってきたようだった。その言葉からすると、どうやら本当にアウスラーフの具合は悪く、手当てのために衛兵たちは部屋を離れていたらしかった。サスランは呆然としながら、アウスラーフの部屋の扉が衛兵によって開けられる音を聞いた。

「薬湯などいらないと言っただろう」

「へっ、生意気を言っていないで飲め。殺していいとは指示を受けていない。勝手に死なれたら困るんだよ。お前の命がお前のものとは思うな」

衛兵たちの声のあと、ガタガタと音がする。衛兵たちがアウスラーフを、押さえつけたのかもしれない。サスランは叫びだしたい衝動を必死にこらえながら、空の水桶をつかんでどうにか部屋を抜け出した。

ほとんど頭が真っ白のまま、塔を出る。機械的にいつものルートを辿って屋根裏に戻っても、まだ落ち着けなかった。逆行前、軟禁中のアウスラーフが大病を患《わずら》ったなんていう噂を聞いたことはないし、アウスラーフもそんな話はしなかった。きっと、大丈夫なはずだ。そう言い聞かせても、間近で聞いた咳が耳から離れない。

彼を助けなければ。

水の差し入れなんかじゃ足りない。咄嗟に口から出たように、あの部屋から彼を出してやりたい。誰に鞭うたれることもなく、暖かくして眠れるように。あの恐ろしい皇太后から、引き離せないだろうか。

記憶を必死に探る。逆行前、アウスラーフが塔を出ることができたのは、十七歳の時だ。隠していた虐待が皇帝の知るところとなり、アウスラーフは皇帝直属の兵士が出入りできる第二宮の離れへ移された。それは皇帝が母の面目を潰さず、弟を保護するためにとった苦肉の策だった。皇太后は国内有数の資産家の出で、その財で多くの貴族家を支配し、貴族院での発言力も大きい。若い皇帝にとっては最大の後見人であると同時に、逆らえない相手でもあるのだ。

皇帝の配慮で離れへ移ったアウスラーフは、ある程度の自由を得、身体も健康になった。

「離れへ……でも、どうやって……」

皇太后の虐待を皇帝に密告することなんて、できっこない。生まれた時から皇宮で暮らしていても、サスランは皇帝の顔さえ知らなかった。かといって、皇太后にならば何かできるというわけでも、もちろんない。皇太后の女官とすら話をしたことがない。知っているのは、この前の宴会にいた下女くらいだ。サスランは、建国祭の夜のことを思い浮かべた。皇太后の予定変更で振り回されたと嘆いていた彼女たち。その原因を作ったのは――。

「……予言者……」

呟いたサスランの瞳に、光が宿った。

サスランは屋根裏の小さな窓から冬の夜空を見上げた。一の月の満月。間違いなく、今日がその日だ。

　時間を巻き戻してから半年。今日、アウスラーフは自死に向かうのか。確信はないけれど、きっと彼は大丈夫だろうという手応えは感じていた。アウスラーフはひと月ほど前に、離れへと移った。そして数週間前から、第一皇子が庭で剣の鍛錬《たんれん》をしていると噂になっている。最初にその噂を聞いた日は、興奮して寝付けなかった。

　生きる気力のないものが身体を鍛《きた》えようとするはずがない。それに、自ら進んで鍛錬できるような自由を、彼が手に入れているということでもある。

「そろそろか」

　呟くとサスランは寝台から立ち上がり、外套へ手を伸ばした。きっと、今夜あのタルハの古木の下《もと》には誰も現れない。そう信じているけれど、この目で確かめないと安心はできない。

　外套を羽織って、梯子階段を下ろす。暗闇に伸びた階段を降りようとすると、逆に誰かが上ってきた。この部屋の存在は、ほとんど誰も知らないはずなのに。

　驚いて一歩後退りしたサスランの目に、信じられないものが映る。

「な、んで……」

　階段を上り切ったその人物はサスランを見ると、ゆっくりと被っていたフードを下ろした。露《あらわ》になった艶やかな黒い髪に、今度こそ絶句《ぜっく》する。

この皇宮に、アメジア民族の象徴のような見事な黒髪を持つ者は、ただ一人。

紛れもなくアウスラーフその人だった。

呆然と立ち尽くすサスランを、黒髪の少年はまっすぐに見つめて言った。

「そなたは、何者だ?」

アウスラーフの声だ。その深い青の瞳が自分を映し、語りかけている。

この半年、間近に接したのは扉越しの一度だけ。こんなふうにはっきりと顔の分かる距離に近づいたことは一度もない。彼が鍛錬をする庭にも近寄らなかった。

切れ長の目、左の目もとにあるほくろ、そのすっきりとした鼻梁。いつも微笑みかけてくれた薄い唇。

まだ少年そのものの面立ちながらも、かつて愛してくれた人の姿がそこにはあった。

「聞こえなかったか? 何者だと聞いている。まさか余が誰か分からないとは言わぬな」

息をすることも忘れ目の前の少年を見つめていたサスランは、アウスラーフの声が微かに怒気《どき》を孕《はら》んだことでようやく我に返った。慌てて膝をつき、頭を垂れる。

「第一皇子。このような夜更けに、何の御用、でしょう」

どうしよう。アウスラーフが自分を訪ねてくるなど、予想もしていなかった。

「ここ数か月でそなたのしたことを、余が知らぬと思うか。答えよ。そなたは何者だ。何の目的があって、余の周りをうろついておる」

頭上から、まだ透明感のある少年の声が降ってくる。年の割に堅苦しい話し方をするのは、以前と変わらない。

「なぜ、余の居を離れに移させた」

いきなり核心を突かれ、声が震える。

確かにあの夜から五か月を経て、アウスラーフの身は離れへと移された。けれどそれがなぜ、自分の仕業だと考えているのだろう。

「わ、私のような者に、どうしてそんなことができましょう」

あの時西の塔で会話をした者だとばれているのだろうか。いや、誤魔化《ごまか》しきるしかない。ばくばくと早鐘を打つ心臓に、鎮まれと念じる。

「……顔を上げよ」

そう命じられて、びくりと肩が震える。もう一度顔を見れば、さらに動揺してしまうだろう。けれど、命令に背くこともできない。

跪《ひざまず》いたまま恐る恐る顔を上げると、少し腰を屈めたアウスラーフの顔が間近に迫っていて、サスランの頭は真っ白になった。

　アウスラーフは整った小さな顔に何の表情も浮かべぬまま、まるで口づけするような距離まで顔を近づけてくる。サスランが耐えきれず顔を逸らそうとしたとき、アウスラーフが唇を耳にくっつきそうなほど近づけて囁いた。

「杢月糖の香りがするな」

「……っ」

　やはり気づいているのか。でも、なぜ？

　硬直したままのサスランから、アウスラーフはゆっくりと離れていった。

　喉がカラカラに渇いている。サスランはどうにか口を開いた。

「な、何をおっしゃりたいのか分かりかねます。それに、杢月糖にはほとんど香りがありません」

　そう。あの花に、移るほどの香りはない。この少年皇子はかまをかけたのだ。落ち着け、落ち着けと自分に言い聞かせる。

　アウスラーフはそれ以上追求せず話題を変えた。

「第二宮に出入りするシャイマという予言者が、皇太后に余の転居を進言したそうだ」

　またしても、核心を突く名前がアウスラーフから飛び出して、今度こそ心臓が止まりそうになる。長い間西の塔に幽閉されていた彼が、何故そこまで知っているのだろう。

「余の知るところでは、その予言者は少し前までことごとく予言を外し、皇太后の不興を買って皇宮を下がらせられる寸前だった。それが今では、一番のお気に入りだという」

皇太后が何人もの予言者を抱えているのは、周知の事実だった。皇太后は前皇帝の正妃だが、彼の子を最初に産むことはできなかった。見下していた側妃の一人が自分より先に男児を産んだことを知ってから、彼女は予言や呪いの類《たぐい》に凝り始めたらしい。そしてある予言者の言葉通りに男子を授かってからは、一層傾倒を深め、今では彼女達なしにはその日の召し物さえ決められない。

現皇帝の兄にあたる前皇帝の長子とその母は、お告げがあったからと皇太后から無理に旅行を勧められ、その道中で命を落としている。予言は皇太后の武器でもあるのだ。

アウスラーフを救うと決めた時、サスランが思いついたのが、皇太后の予言者を利用することだった。

「その方が、どうなさったのですか」

「余はよく知らないのだが、予言者は流派ごとにそれぞれ異なる儀式を行うらしい。シャイマは予言に花を使うらしいな。彼女が予言を当てるようになる少し前から、その花を彼女に届ける役が灰色の髪の少年に変わったという」

そう言いながらこちらを見るアウスラーフの目つきはひどく冷ややかで、挑発的だった。

こんな様子は今までに見たことがなく、まるで知らない相手と対峙しているような気がしてくる。

「どうして余がそんなことを知っているのか、不思議だという顔をしているな。手足を縛られていても、目や耳は動く。考える頭もある」

「……確かに私はシャイマ様に花をお届けしていますが、予言のことは何も知りません」

「ふむ。シャイマ本人に問いただしたところ、予言については何ひとつ明かせないと答えた。花を届ける庭師の少年についても、何も知らないと」

続く言葉に、サスランは息を呑んだ。まさか彼自らがシャイマに接触するとは。

ここ数か月で、突然の嵐で大惨事となるはずの茶会を中止させたり、皇宮の晩餐会《ばんさんかい》で大国の王妃と被らないようドレスの色を変えさせたりしたシャイマは、あっという間に皇太后の信頼を得た。これらはすべて、逆行前の記憶をもとに、サスランがシャイマに入れ知恵したことだった。

アウスラーフの見抜いた通り、サスランは花を届ける際にシャイマに「助言」をした。最初は小さな「助言」から始め、次々と皇太后の未来をシャイマに言い当てさせることでサスランはシャイマから、シャイマは皇太后からの信頼を得ることに成功した。そしてついに、シャイマの「予言」で皇太后にアウスラーフの転居を決めさせたのである。

シャイマは口先で成り上がった下町の女で、もともと金のために予言者を演じていたにすぎなかった。彼女自身の保身のため、決して助言者の存在を口外することはないだろうと踏んではいたが、第一皇子を前に、何かボロを出していないだろうか。

「ですから私は、何の関係もないと……」

「だが、その庭師の少年を余の権限で解雇しようと言ってみた時の、彼女の反応は見ものだった。あれは予言で、相当良い思いをしていると見える。そなたについては本当に何も知らないのだと言いながら、余の機嫌を取ろうと必死だった。少年の存在を皇太后に秘密にしてくれるなら、余のために特別に予言をするとまで言い出した」

それでは自分が彼女の予言に何かしら関わっていると白状したも同然だ。

「そして最後に、李月糖の話をしてくれた。そなたはあの花の花弁を、いつもどこかしらにくっつけていると。その時、余の中で水とそなたが結びついた。そなたは余を助け出すと言って、その通りになった。余を離れに移したのはそなた。水を差し入れ続けたのもそなた。違うか？」

アウスラーフの聡明さを、甘く見ていたかもしれない。背筋を冷たい汗が伝った。

「付け加えれば、余は一度聞いた者の声は忘れない。そなたの声はあの夜の者と同じだ。李月糖の者の正体が知りたくて、余が病を装って衛兵を遠ざけた夜、現れた者の声と」

それは駄目押しの一手で、サスランは白旗を上げた。まさかあの夜の出来事が、彼の計画だったなんて。彼は決して引き下がらないだろう。どうやって、この場を切り抜けるべきか。

「もう一度聞く。余を離れに移したのはなぜだ。離れの方が、警備が手薄になると踏んでか」

「……え？」

「誰の差し金だ。皇太后の息がかかっていないことは確認できた。アスとアメジアの関係悪化を企むサルカ、メドあたりか。そうでなければもっと個人的な利害を持つ者か。あるいは新皇族派の中の過激派か」

アウスラーフはわざとらしく候補を連《つら》ね、こちらの反応を窺っているようだった。急に陰謀を疑われ、サスランは狼狽《うろた》えた。確かに起こった出来事だけを見れば、アウスラーフがそう考えるのも無理はない。かつては恋人だったから助けているだなんて思いつくはずがないのだから。もしかして、身体を鍛え始めたのは暗殺に備えてだったのだろうか。

「私はただ、離れの方が殿下に安らかにお過ごし頂けると思い」

「そなたの行いだったことは、認めるのだな。それで、雇い主は誰だ？」

動揺して思わず飛び出た本音をアウスラーフに遮られ、サスランは己の失言を知った。

これではアウスラーフの推論が正しかったと認めてしまったようなものだ。

「そなたが一人であのような大事を成しえたとは思わぬ。そなたが白状したとて、そなたを罰しようとも思わぬしその力もない。ただ知りたいから尋ねているのだ。教えてくれないか」

柔らかな物言いは、却ってサスランを混乱させた。暗殺を疑っている相手に、どうしてこんな風に語りかけるのだろう。彼の狙いが分からない。そして彼を満足させられる答えも、持ち合わせてはいない。

「本当に、何の下心もございません。離れにお移りになれば皇太后のお渡りもぐんと減るでしょうし、少しは自由にお過ごしになれるかと思い……」

「では本当に、すべては余を助けようとしてやったことだと？　それならあれだけのことをしておきながら、何故余の前に姿を見せなかった？　そなたは何者だ？」

「私はただの庭師にすぎません」

「ただの庭師が、何のために危険を冒す？　これまでにも、余を助けようとする者が現れたことはある。彼らの目的は大抵同じだ。――現皇帝を倒し、余を帝にしようと企む愚《おろ》かな者ども。それでもこの非力な身には、いくらか助けになるのも事実だが」

膝をついたままのサスランの顔に、するりと手が伸びてくる。揃えた指の先でそっと顎を持ち上げられ、瞳を覗き込まれた。まだ十五歳だというのに、傲慢《ごうまん》な仕草がひどく板についている。これは本当に、自分の知る優しいアウスラーフと同一人物なのだろうか。

「そなたのことを調べ始めて驚いた。幼い頃から庭師として働く灰色の髪の少年がいることは、皆何となく認識している。けれど、そなたの名前を知る者は誰一人としていなかった。給金を渡す者すら、そなたの後見人だった老庭師の名しか分からぬと言う。皆、そなたを灰色のとだけ呼ぶ。こんなふうに隠れるように屋根裏に住んで、まるで亡霊だ。そなたは、一体何者なのだ」

跪いたまま、サスランはアウスラーフを見つめ返した。

名前など、誰にも聞かれたことがない。サスランと呼んだのは、母、そして十歳で母が死んでから面倒を見てくれた老庭師だけだった。――アウスラーフと出会うまでは。

「私は……」

――私たちは、恐ろしい力を持つ者。存在を、誰にも知られてはならないの。

ふと、母の声が耳に蘇る。

どうしよう。何か答えない限りはアウスラーフを追い返すことはできないだろう。

出会わないと決めていたのに、最悪な形でこちらに興味を持たれてしまった。これでは、陰ながら彼を助けていくことは難しくなる。いっそのこと、全てを白状してしまおうか。

いや、殿下が殺されたので時を戻ったのですなどと口にできるわけがない。

「そなたは？」

アウスラーフの藍色の瞳に見据えられる。サスランはごくりと唾を飲み込んだ。

「私は、予言者なのです」

そう言ったのは、予言者という存在がありふれているからだ。時を遡《さかのぼ》ったなどと説明すれば間違いなく狂人扱いを受ける。それ以前に、その秘密を誰にも知られてはならないという母の教えは、身に染みついていた。

「シャイマでなく、私こそが予言者なのです。半年ほど前、私には突然花の精のお告げが聞こえるようになったのです。花は、殿下に水をお持ちするよう私に命じました。シャイマを動かしたのも、離れへの移転も、すべては花のお告げに従ってのことです」

急にぺらぺらと話し出したサスランに、アウスラーフは呆気に取られているようだった。

サスランも、自分で自分に驚いていた。

自分がこんなでっちあげを口にするなんて思わなかったし、自分で言っておきながらこれでは時を遡ったと白状するのと同じくらい、精神の異常を疑われそうだ。

「花の精のお告げ？　そなたはそれで余を助けていたというのか」

それでももう引き返せない。サスランは必死に頷いた。

藍色の瞳が、こちらの真意を見極めようとするかのように鋭い光を宿す。背筋がぞくりとした。

「……それでは聞く。花の精とやらの目的はなんだ。余に何を望む。玉座か？」

「精霊の目的など知りません。私はただ、導きのまま行動したまでです」

「何だ、それは……」

花の精とかいう意味の分からない言葉を持ち出してしまった以上、そう答えるしかなかったが、アウスラーフは到底納得できないようだった。当然だ。自分だって何を言っているのかよく分からない。

「そなたはただ花に命じられたというだけで、余を助けるため危ない橋を渡ったのか。……余がどんな人間か、知りもせずに」

「……はい」

本当は知っている。その不幸と孤独。優しさ、聡明さ、思慮深さ。誰よりも、幸せになってほしかった人。

アウスラーフをじっと見つめているうちに、サスランは次第に恐れを忘れ、たまらない気持ちになっていた。魅入《みい》られるように立ち上がる。

改めて正面から見つめあうと、十五歳のアウスラーフの背丈はサスランとさほど変わらなかった。小さな顎、細い身体と手足。よく知る彼とは違う、幼い姿。さっきまでは気圧《けお》されていたが、彼はまだ子供なのだと実感する。

思わず手を伸ばし、その頬に触れる。

「っ、何を」

アウスラーフがびくりと震えたが、構わず抱きしめた。両腕で彼の温かな身体を感じ、胸が締め付けられる。

「生きていて……ほしいのです」

「え？」

「暗殺を疑っているのなら、なぜ私に会いに来られたのですか。しかも、そのようにお一人で、無防備な姿で。もっとご自分を大切になさって下さい。もし死をお望みなら、そのような考えはすぐに捨て去って下さい。殿下は必ず、私がお守りいたします」

気づけばそう口にしていた。

「そなたが……余を守る？」

虚《きょ》を衝かれたように、アウスラーフが繰り返す。

サスランはアウスラーフを抱きしめたまま、ただ頷いた。滑稽《こっけい》なことを言っているのは分かっていた。こちらはただの庭師。相手は一国の皇子。

それでも、戻った時間に意味があるのなら。

――守りたい。

勝手な罪滅ぼしなのかもしれない。でも、それ以外に今、生きる意味を見出せない。

両腕に力を籠めると、アウスラーフに身体を押し戻される。不敬を怒鳴りつけられるかと思ったが、藍色の瞳からは、鋭さが消えていた。

「夜明けの色だな」

「え？」

「まだ聞いていなかった。そなた、名は何という。まさか本当に灰色のという名ではないだろう」

サスランは目を瞬いた。

「……サスランと申します、殿下」

「サスラン。余は言葉より行いを信じる。少なくとも今のところ、そなたは余の敵ではないと分かった。また会おう」

それだけ言うと、踵《きびす》を返し階段を降りていく。

少年の静かな足音が階下に消えると、力が抜け、サスランはその場に座り込んだ。

出会うつもりはなかったのに。まさか、彼の方から訪ねてくるとは。どうしていいかわからず、予言者などと騙ってしまった。その上、彼を抱きしめた。どれだけ不審に感じただろう。敵ではない、と思われたようだけれど。

頭の中はひどく混乱していたけれど、気持ちは高揚《こうよう》していた。――アウスラーフを守る。どんなことが起こっても、それだけを、できればいいのだと。

小型の鋤で柔らかくした土に手を突っ込む。ひんやりとした土をせっせとひっくり返して空気を含ませていると、視界が陰った。こんな時間に庭園を訪れる存在は一人しかいない。それでも気づかぬふりで手を動かしていると、背後から滑《なめ》らかな声がした。

「おはよう、精が出るな」

またか、とサスランは内心ため息をつく。

「第一皇子ともあろう方が供もつけず、そのように出歩いて良いものなのですか」

「そなたが守ってくれるのだろう？」

振り返ると、柔らかな笑みを浮かべたアウスラーフがそこには立っていた。サスランは彼を一瞥《いちべつ》しただけで手元に視線を戻す。

「私に武術の心得はありません。このように会いに来られては困ります」

言っても無意味とすでに分かってはいるが、口にせずにはいられなかった。

この春、アウスラーフは十六歳になった。そしてあの冬の晩以来、時折こうして顔を見に来るようになって、サスランは困っていた。勢いで守ると口にはしたが、この世界でアウスラーフと親しくする気はない。彼と深く関われば、運命が元に戻ってしまうかもしれないからだ。

「花の精とやらが警告しないのであれば、それほどの危険はないということになる。便利なものだな。ああ、花の精に明日の天気を聞いてみてくれるか」

「何度も申し上げていますが、花は何もかもを私に伝えるわけではありません」

こんなやりとりを、何度交わしただろう。無視するわけにもいかないが、だんだんと対応がおざなりになる。冷たくあしらっても、アウスラーフがめげる気配はない。

「明日の天気は知らぬと言うが、ではこの先のユースタス川の天気はどうだ？　今年か、来年か、この先大雨が降るかどうか、教えてはもらえないか」

ふいに変えられた話題にどきりとして、サスランは振り返った。ユースタス川の天気、と言われた途端に蘇る記憶がある。

「どうした」

この記憶が正しければ、この秋にユースタス川で大雨による氾濫《はんらん》が起こる。まるでそのことを予知しているかのように尋ねるアウスラーフに驚いた。

「……どうして、ユースタス川の天気をお尋ねになるのですか」

「深い意味はない。花の精に、どの程度のことが分かるのか気になって聞いてみただけだ」

アウスラーフは、それ以上のことをサスランに告げるつもりはないようだった。サスランは彼の思惑を測りかねて困惑した。微かに胸騒ぎがする。

何と答えればいいのだろう。真実を告げるべきか、それとも分からないで通すべきか。

あの川の氾濫は、アウスラーフとは何の関係もないはずだ。明日の天気と同じに、分からないと答えてしまうのは簡単だけれど。自分を見つめるアウスラーフの瞳に何か抗い難いものを感じて、サスランはごくりと唾を飲んだ。

最近のアウスラーフは、その表現が正しいかは分からないが、生き生きとしている。逆行前はどちらかと言えば自分と同じで、波風を立てぬよう静かに生きていたけれど、今は違う。何か底知れぬ意志を、持っているように見える時がある。

アウスラーフのそんな変化は、サスランの胸をざわつかせた。彼を助けるとは決めたけれど、こんな風に話し相手になるのはよくないと分かっている。それでも拒絶しきれないのは、彼がどこへ向かっているのか、目が離せないと感じているからだった。

立ち上がって膝についた土を払うと、相対したアウスラーフの瞳に、答えを期待する輝きが宿る。サスランはまだ迷いながらも、口を開いた。

「今年の九の月の下旬から、未だかつてない大雨が降り続く……かもしれません。本当にそうなるかは、分かりませんが」

「あと半年ほどか。なるほどな」

頷くアウスラーフから何か読み取れないかとじっと見ると、彼はすぐに話題を変えた。

「時に、前々から思っていたのだが、そなたはどうして灰を被っているのだ？」

「……え？」

「その髪、暖炉の灰か何かをわざとつけているのだろう。どうしてそんなことをする」

この髪に気づいていたのか、もしかして、他の者にもばれているのだろうか、とひやりとするが、誰もアウスラーフほど熱心に自分を見てはいないはずだと思い直す。

「目立たないようにというのが、母の教えでしたので」

「なるほど。元の髪色は白銀といったところか？　たしかにあまり見ない色だから、いい知恵かもしれぬ。余も倣《なら》うべきだな。この黒髪はなかなかに鬱陶《うっとう》しい」

露悪的に言いながら、アウスラーフは目線を下げた。そういえば、逆行前、出会ったばかりの幼い彼は一見黒く見える瞳と髪に劣等感を持っていた。

「まさか、そんなに美しい髪を汚すなんてとんでもない」

「……美しい？　この国の者たちはみな、黒は不吉な色だと言うが」

アウスラーフが肩を竦める。幼い彼とこんなふうに対面していると、大人ぶった態度の裏に隠した年相応の傷つきやすさが、ひどくいじらしく見えてサスランは思わず手を伸ばした。その昔、母が自分にしてくれたように、彼の髪を撫でる。

「人は、見慣れぬものを恐れるものです。けれどどんな言葉も、殿下の美しさを損なうことはできません。殿下の髪は、深い青と黒の混ざった綺麗な色です。その瞳も」

「サスラン……」

戸惑ったように呼ばれ、サスランは我に返った。一国の皇子を、気安く撫でてしまった。こんなこと、逆行前にもしたことがない。

「もっ、申し訳」

「……さほど歳は変わらぬと思うが。そなたの目には、余がよほど幼く映っているのだろうな」

慌てて手をひっこめると、一拍おいて、皮肉交じりにアウスラーフが言う。けれどその瞳には柔らかい光があって、サスランは自分の失敗を悟った。関わりたくないのに、自ら距離を縮めてどうする。時を遡ったことによって彼が幼く見えるせいで、調子が狂った。

更なる失敗を恐れて口が利けなくなっていると、アウスラーフはふ、と辺りを見回した。

「もう行く時間だ。ああ、その前に。シャイマとはなるべく早いうちに手を切った方がよい。皇太后が、彼女を疑い始めている」

そう告げると、現れた時と同様に唐突に去って行く。細い背中が視界から消えると、サスランは脱力し、詰めていた息を吐いた。

今のアウスラーフは、彼を助けた自分のことを、親皇族派でもアメジア派でもない、皇太后の息もかかっていない者として、信頼し始めている。これ以上近づいてはまずい。

アウスラーフの言動は明らかに逆行前と異なっていて、一歩先も予測できない。

以前の彼は、もっと物静かで控えめだった。深夜、塔を抜け出してサスランに会いに来ることはあったが、今のように監視の目をかいくぐって皇宮内を歩き回ったりしないし、ましてや白昼堂々サスランを追いかけまわすような真似はしなかった。

逆行前のように友人にすらなっていないのに、一度目のこの時期よりも顔を合わせている気がする。話し方や態度も以前の彼に比べて強気なうえ、何かを隠しているような気配をたびたび感じた。

彼の言葉から察するに、どうやらアウスラーフは彼を皇帝にしようと寄ってくる者を利用して、皇宮内の情報を収集しているようだった。逆行前にもしていたのかは分からない。

考えてみると、自分は彼のことをあまり知らなかったのかもしれない。逆行前の彼は、彼を取り巻く複雑な状況について、決して語ろうとしなかった。いつも一歩引いていた自分も、彼に何も聞こうとしなかった。

もっと話をしていれば、何かが変わっただろうか。ふとそんな考えが浮かんで、サスランは唇を噛んだ。

恐らく、逆行前より早く自由を得たことで、彼は変わった。アウスラーフの変化は、彼が一人で皇宮を生き抜くための変化のように、サスランの目には映った。

離れに移すことで、彼が自殺をやめたのなら、もしかしたらもう十分なのかもしれない。彼と関わらないよう、いっそ皇宮を去るべきだ。シャイマの件も、自分が皇宮を離れてしまえば有耶無耶《うやむや》になるかもしれない。

選択に迷い、サスランは目を伏せた。もう少しだけ彼を見守りたい。その気持ちがどうにも強くて、自分でも困惑する。

この先アウスラーフがこちらに関心を示さず、放っておいてくれればそれが一番いいのだが。土に手を突っ込み、その冷たさが指先に染み渡ったところで、サスランはようやく作業を再開した。

　皇宮を立ち去るべきか、アウスラーフの動向を見守るべきか。悩むうちに月日は過ぎた。シャイマの件はひとまず徐々に花を届ける役目を外れ、彼女との接触を断つことにした。何事もなく春が過ぎ、やがて夏も終わると、サスランの意識から彼女のことは遠のき、代わりに別の事柄が占め始めた。

「女王様はここのところずっとご機嫌最悪だな。あれはユースタス川のことが相当気に食わないと見える」

　冬の初めの薄曇りの日、ふと聞こえてきた単語に、サスランは庭師小屋へと向かう足を止めた。回廊《かいろう》を、二人組の文官が歩いている。

「氾濫を未然に防いで、若い皇帝の株も随分と上がったじゃないか。何が不満なんだ」

　氾濫、という単語に息を呑み、サスランは回廊の柱の陰に隠れて会話に耳を澄ました。

「あの件に第一皇子が関わっているらしいって噂、知らないか？　もともと皇太后の予言者はホノ川の氾濫を予言していた。皇太后がそっちに全土の治水予算をつぎ込もうとしたのを反対したのが皇帝だが、それが第一皇子の入れ知恵だって、言ってるやつがいる」

「おいおい、そんな噂信じたら女王様に殺されるぞ。だいたい、あの皇子はずっと第二宮に閉じ込められていて、文字が読めるのかすら怪しいって話だったじゃないか」

「俺もそう聞いてたが、皇帝の側近が、おつむの出来は賢帝と名高い先々代の皇帝に匹敵《ひってき》するって息巻いてたってよ」

「そういえば、女官共もそんな話をしてたかもしれん。その時はそんな馬鹿なと思ったが……まあ、噂にはすぐ尾ひれがつく。話半分に聞いておこう」

二人の話し声が遠ざかっていくのを待って、サスランは詰めていた息を吐いた。

確かにこの秋、ユースタス川は氾濫しなかった。アウスラーフに予言を求められたのは半年も前で、そのことをすっかり忘れていたけれど、もしかしてあのことと関係あるのだろうか。まさか、と思いつつも胸がざわざわと騒ぐ。

最近、皇宮内でアウスラーフの噂を耳にすることが多くなった。曰く、供もつけず皇宮の外にたびたび出ているとか、極秘でアメジアに渡ったとか。明らかな嘘もあったが、今のように妙に真実味のある話が聞こえてくることもある。

逆行前にこんなふうにアウスラーフが人々の噂になることはなかった。これは良い変化か、悪い変化か。考え始めると気になって、皇宮を離れられずにいる。

庭師小屋に戻り、道具を整理していると、にわかに外が騒がしくなった。何事かと思って出てみると、見習いの少年に向かって派手なベールを振り乱し、怒鳴っているシャイマがいる。サスランは一気に血の気が引くのを感じた。

シャイマはサスランを見つけるなり掴みかからんばかりの勢いで近づいてきた。見習いの少年が走って逃げてゆく。

「あんた、いたのね！　最近めっきり顔を見せないで……早く助言を寄越しなさい！　このところハズレ続きで、クビ候補に逆戻りなのよッ」

「シャイマ殿、そちらから訪ねてくることはしないで下さいと言いましたよね」

慌ててあたりを見回したけれど、幸い小屋の周りには誰もいなかった。でも、いつ誰が現れてもおかしくない。

「あんたの助言がなきゃ困るの。拒否するようならあんたのこと皇太后にチクったっていいのよ」

「そんなことをすれば、あなたもただではすみませんよ」

こんな会話を外ですること自体、恐ろしくて仕方がない。しかし彼女はすでに開き直っているのか、サスランの警告を意に介さない。

「私はもう能力を疑われてンのよ。秘密を話すと言えば、退職金くらいは貰えるかもしれないわ。嫌なら未来を教えてちょうだい」

「おはよう。……サスラン、どうかしたか？」

男の声がして、驚いて首を伸ばすとシャイマの背後から従者姿のハズルが近づいてくるのが見える。ハズルの強面《こわもて》な顔に大きな体躯は、ただ立っているだけで威圧感たっぷりだ。ハズルの顔を見たシャイマは、忌々《いまいま》しそうに舌打ちをする。サスランは慌てて挨拶を返した。

「あ、いえ、なんでもありません。おはようございます、ハズル殿」

「サスラン、侍従長が呼んでいる。すぐ来いとの命令だ」

「……また来るわ。どうするのが賢いか、その小さな頭でよく考えることね」

機を逸したと判断したのか、シャイマが身を翻《ひるがえ》す。去っていく後姿を見て、サスランは胸を撫でおろした。直前の話を聞かれただろうか、と思ってハズルを見上げる。ハズルは相変わらず愛想のないむっつりとした顔で、何を考えているかは分からない。

「すみません、すぐ行きます」

「ああ、呼び出しは嘘だ。困っているようだったから。……余計だったか？」

「いえ、助かりました。ありがとうございます。このことはどうか、誰にも秘密に」

サスランの懇願《こんがん》に、ハズルは頷くとすぐに小屋に背を向けた。

驚いたことに、ハズルは今アウスラーフの従者として働いている。離れへ移る際、新たな従者としてハズルを選んだのだと、サスランはアウスラーフの口から聞いた。

身元が確かなこと、地方出身で中央の政治とは関りがないこと、人柄などの評判を聞いて彼に決めたのだという。実際、従者となったハズルの実直な働きぶりに、アウスラーフも信頼を寄せているようだった。

もし、彼を助けなければ、こんなことは起こりえなかった。逆行前、離れに移ったアウスラーフの従者になったのが自分だったことを思うと、とても不思議だ。

いや、今はそんなことを考えている場合ではない。シャイマのことをどうにかしなければ。まさか彼女が、自棄《やけ》になって皇太后に真相を暴露《ばくろ》するなどと言い出すとは思わなかった。

適当な予言をするべきか。しかし、皇太后がシャイマの能力を疑い始めているのに、いつまでも彼女とつながっているのも危険だろう。もし狙いが離れへの転居だったと皇太后に見抜かれれば、アウスラーフにも迷惑がかかるかもしれない。その可能性に思い当たってぞっとし、サスランは両腕で自分の身体を抱きしめた。

季節が移っても、アウスラーフは神出鬼没《しんしゅつきぼつ》にサスランの前に姿を現し続けていた。今のところ、アウスラーフとの関係が誰かに知られた様子はないが、これからもそうとは限らない。

うだうだと悩んでいる場合ではなかった。もっと早く結論を出すべきだったのだ。

深夜、吹き込む隙間風の寒さに目を覚ましたサスランは、跳ね上げ式の階段がゆっくりと下ろされる音に、唇を引き結んだ。

ほどなくして、既に見慣れてしまった人影が屋根裏部屋に顔を出す。

「殿下、ここまで来られては困ると、何度も申し上げていますよね」

「そなたに会うために女の格好までしているというのに、随分とつれないではないか」

目深に被った女ものの外套のフードを取ると、見事な黒髪と深い青の瞳が現れる。

最近、アウスラーフは衛兵の目を欺《あざむ》くため下女に扮《ふん》し、難なく使用人宿舎の屋根裏までやってくるようになった。このところ急に背の伸びたアウスラーフに下女のお仕着せは少し小さく見えるが、周りの目を欺くには十分らしい。

彼は慣れた仕草で指定席となっている木箱に腰を下ろす。いつもは寝台に腰を下ろし済し崩しに彼の相手をするサスランだが、今日はアウスラーフの前に立ったままでいた。そのことに違和感を覚えたのか、アウスラーフが怪訝そうな顔で見上げてくる。

「どうした、そんなに怒るな。余に来るなと言うなら、そなたが離れへ来てくれるか？」

のらりくらりと小言を躱すアウスラーフのいつもの台詞《せりふ》に、サスランは目を伏せた。

「いえ……いいえ、もう二度とお会いしません、殿下。シャイマがすべてを皇太后に話すと言っています。ご迷惑をおかけする前に、私は皇宮を出ます」

シャイマに押しかけられてから十日、考えに考えたが彼女の口を封じる方法は思いつかなかった。かといって記憶を元にシャイマと取引を続けても、いつか自分か彼女がボロを出してしまう気がしてならない。だったら今、消えた方がいい。

サスランの言葉を聞き終えると、アウスラーフはふむ、と呟いて、組んでいた足をゆっくりと組み換えた。スカートをはいた彼の、場違いに優雅なしぐさに虚を衝かれてぽかんとすると、アウスラーフはふっと唇を綻ばせた。

「そんなことでそなたは今夜、そんなに思いつめた顔をしていたのか。かわいそうに」

「そんなことではありません。もし私の存在が知れたら、殿下にご迷惑がかかるかもしれず」

かっとなって捲し立てようとすると、アウスラーフが白い手を上げ、その先をとどめた。

「シャイマのことなら心配いらない。十分な退職金をもらって、近々故郷に帰ると聞いた。家庭の事情だそうだ」

「え？」

急な展開に頭が追い付かず、ぱちぱちと瞬きする。

「本当ですか？」

「皇太后付きの女官から聞いたから確かだろう。……これでそなたの憂いは晴れたか？」

「ああ、ええと……はい」

思わず頷いてしまってから、シャイマのことがなくてもこんな風に出歩くのは危険だと言い含めそびれたことに気づく。

アウスラーフは組んだ足の上に片肘をついて聞いてきた。

「皇宮を出る必要はなくなったな。……それにしても、そなたは皇宮の外を知らないのだろう。ここを出てどうするつもりだった。頼れる者がどこかにいるのか？」

「……いえ。私の家族は死んだ母だけでした」

首を振ると、こちらをじっと見つめる藍色の目が胡乱げに細められた。

「それなのに、皇宮を去ろうと？　今皇都は不況で治安が悪いし仕事も少ない。花の精とやらが面倒を見てくれるのか？」

呆れたような声だった。皇子とはいえ自分より年下の少年に、身の振り方を心配されてなんとも情けない気持ちになる。

「そ、そんなことは、何とでもなります。私は……」

アウスラーフさえ守ることができれば。

言葉にしなかったその先を、アウスラーフは尋ねようとしなかった。代わりに少し遠くを見て、指先で唇をなぞる。

「そんなこと、か。今のそなたを見ていると、ナスフを思い出す」

「そ……どなたですか？」

亡くなった侍従の名前が飛び出してきて驚き、サスランは咄嗟に知らないふりをした。

「余の侍従だった男だ。アス皇国に忠誠を誓い、余を守ることに人生をかけた愚か者だった」

「アス皇国に忠誠を？」

その情報は初耳だった。アウスラーフの侍従は、アメジア出身ではなかったか。

驚いて聞き返すと、アウスラーフは遠くを見つめたまま答えた。

「ナスフはアメジアの戦災孤児で、前皇帝の時代に皇国の騎士に拾われてこの国に連れてこられた。その恩で、アス皇国に身を捧げると誓っていた。そして皇帝の血を引く子がアメジアに生まれた時、その世話をするため数十年ぶりにアメジアへ渡った。口うるさくて、余の願いを全然聞き入れてくれない世話係だった」

アウスラーフの幼少期の話はほとんど聞いたことがない。サスランは興味を惹かれ、今の立場を忘れて尋ねた。

「小さい頃の殿下の願いは何だったのですか？」

「よく言われていた。『坊ちゃまはすぐ死にたがって、困ります』」

ぽつり、と呟いた言葉の意味は、一度聞いただけでは分からなかった。アウスラーフは淡々と、まるで他人事のように話した。

「余は幼いころから無駄に賢くて、自分の置かれた状況を極めて正確に理解することができた。アメジア人の母、アス皇家の血、二国の政情。誰のためにも、早いうちに余が死ぬのが一番合理的だと分かっていた。でも何度言葉を尽くして説明しても、ナスフは首を縦に振らない。『なりません。坊ちゃまが立派な大人になるまで、私がきっとお守りします。この命に代えても』と」

アウスラーフはふと視線をサスランに戻し、唇の端を引き上げた。微笑んでいるのに、見ているこちらの胸がなぜか痛くなる。

「この国に来てからも、お前を死なせるくらいなら余が死ぬと、何度言っても聞かない。『私のことをそんな風に思って下さる坊ちゃまなら、きっと多くの人を助けることができるようになるでしょう。私はその日が楽しみでなりません』などと言って」

記憶に焼き付いているのだろう。アウスラーフが淀みなく老侍従の言葉を再現した。

逆行前、アウスラーフから聞いたのは、老侍従の死の一年後に後を追おうとしたという事実だけ。アウスラーフがこんな記憶を一人で抱えていたのかと思うと、たまらない気持ちになった。そんなに小さな頃からその聡明さゆえに死を願い、予想した通りの悲劇に襲われながら何もできず、大事な人を失って。

抱きしめたい。逆行前の彼も、今目の前にいる彼も、出会ってはいない、幼い日の彼も。もちろんそんなこと、できるはずもないけれど。

時間を戻ってこられて、良かった。

抱きしめることはできないけれど、今度こそ、アウスラーフを守る。抱きしめる代わりに思いで穴が開きそうなほど見つめていると、アウスラーフが顔を上げた。

目が合うと、藍色の瞳がふっと緩んで彼が立ち上がる。

「そなたの瞳は、夜明けの色をしているな。夜が明けきる前、ほんの一瞬空を染める、美しい薄紫だ」

そう言って、サスランの瞳を覗き込む。なぜか視線を逸らすことができなくて見つめ合うと、急に体温が上がり、サスランの頬は熱くなった。

彼を守りたい。でもそれだけじゃなくて、彼のそばで、彼を感じたい。突然そんな欲求が湧き上がる。

「花の精だ予言だと、あり得ないことを言われても、そなたの目を見ると信じてしまう。そなたが余を思っているのが分かる」

藍色の瞳に自分が映っているのが見える。胸が苦しくなって、サスランはやっとの思いで俯き、彼の視線から逃れた。

「一人で夜を過ごしていると、死ななければならないという思いが発作のように湧いてくる。この国に来てからずっと、死に囚われている」

「……殿下」

「けれど朝が訪れるまでの、そのわずかなひと時だけ、自分が生を許されていると感じることがある。夜でもなく、朝でもなく、この世のどこでもない場所にいるような不思議な心地がするのだ」

そこで言葉を切ったアウスラーフは、一歩前へ踏み出して、サスランとの距離を詰めた。

「そなたといると、その不思議な場所にいるように感じる。発作のような思いが薄れる。そなたは余の、奇跡なのかもしれない」

その声が随分大人びていることに、今更気づく。俯いた視界にアウスラーフのつま先が入ってきて、サスランは再び顔を上げた。

すぐ目の前に整った白い顔があり、息を呑む。いつのまにか、背丈を越されている。

アウスラーフはもうすぐ、十七歳になる。逆行前に、彼と結ばれた歳。

そう意識すると一層、胸が騒ぐ。彼に恋したことはなかったし、これからも恋はしない。

頭ではそう考えているのに、縮まる距離に呼吸すら忘れてしまう。

アウスラーフはどうして、こんなに顔を近づけるのだろう。

まさか、と思った時、冷たく柔らかな感触を頬に感じた。

「……っ」

瞬間的に全身が熱を持ち、硬直してしまう。一瞬だけ触れた唇は、すぐに離れた。

唇に、口づけられるかと思った。

サスランは火照《ほて》った頬に思わず手を当てた。落ち着こうと、深く息を吸う。

頬への口づけ。ナスフの話を打ち明けてくれたことを考えても、それはたぶん、彼なりの親愛の印なのだろう。

頭ではそう分かっているのに、鼓動が鎮まらない。

アウスラーフはじっとこちらを見ていた。そしてそのまま、予想外のことを口にした。

「そなたを従者にすることにした。サスラン、そなたに離れへ移ってもらう」

一瞬、言われたことの意味が分からずぽかんとする。

その後、脳が彼の言葉を理解すると、全身に鳥肌が立った。

アウスラーフの、従者になる。

それは、逆行前に辿った道だ。けれど今のアウスラーフとは、友人とも呼べない関係だ。

庭師が従者に抜擢《ばってき》されるなんて、彼の恋人にならなければ起こりえない出来事のはずなのに。どうして突然、そうなってしまうのか。

「駄目です。私が、従者などと」

熱くなった身体が一瞬で冷え、拒絶する声が震える。アウスラーフはそこで、声を落とした。

「昨日、ハズルが毒に倒れた。命に別状はないが、右半身が不自由になった。解雇はしないが、これまで通り働かせることはできない」

「ハズルが……」

逆行前、建国祭の宴会でハズルが負傷したのも、確か右半身だった。そう簡単に運命は変わらないということなのかもしれない。そのことに考えが至ると、背筋がひやりとした。

アウスラーフの運命もまた、変わらないのだとしたら。今行動を変えても、結局同じところに辿り着いてしまうのか。――アウスラーフがまた、自分を従者にしようとしているのも、それと同じことなのか。不安が急速に膨れ上がる。

「部屋の水差しに、かなり強い毒が仕込まれていたようだ。最近、こんな挨拶が増えた。だが、案ずるな。今回のことで警備は強化したし、犯人にも見当はついている。何が相手の逆鱗《げきりん》に触れたのかも。そなたの安全は保証しよう」

「犯人が分かっているのですか!? ……まさか、それは、ユースタス川の一件が」

逆鱗に触れた、という言葉から、ふいに先日の文官たちの会話を連想してサスランは尋ねた。サスランの言葉に、アウスラーフは右眉を跳ね上げる。

「そなたの耳にまで噂が届いているのであれば、余は失敗したということだな。結局のところ、人の口に戸を立てるのが一番難しい」

「では、殿下は本当に皇帝陛下に進言をなさったのですか」

「水害の報告書を読んでいるのを兄上に知られてな。いろいろと尋ねられ、答えはした。そなたの予言も役に立った。礼を言う」

その返事に、サスランは衝撃を受けた。

逆行前のアウスラーフは、兄皇帝と仲が悪いわけではなかったが、極力関わることを避けていた。それに、万が一にも皇位を狙っていると思われることを避けるため、政治に関する意見を口にすることもなかった。その彼が、変わり始めている。

逆行前のアウスラーフも、よく本を読んでいた。本当はあの当時のアウスラーフも、こんなふうに国事に興味があったのだろうか。国を出ずとも兄と争わずに済む道があれば、持ち前の聡明さで兄の為政《いせい》を助け、国に寄与することができたのではないかと思う。

考えれば考えるほど、自分と恋に落ちたことがアウスラーフの道を捻じ曲げてしまったのだと、思わずにはいられない。アメジア派の貴族たちがアウスラーフの意思を無視して彼を皇帝に据えようとしたのは間違いだが、彼らがアウスラーフの人生から自分を排除しようとしたのは、正しい選択だったのかもしれない。

　優秀な皇族が、男と恋に落ち、皇籍を捨てるなど、国のためにあってはならないことだ。そして何より、アウスラーフが自身にふさわしい立場で堂々と生きていくために、自分の存在は障害でしかなかった。改めてそれを思い知り、気分が暗く沈む。

「兄上の周りはとかく人が多い。何かを秘すということがひどく難しいのだ。余と兄上の接触が気に食わない奴らに、面会が知れてしまったのだろう」

　命を狙われた当事者だとは感じさせぬ落ち着きで、アウスラーフは説明した。

　親皇族派には、アメジアの血が流れるアウスラーフが皇族であることが気に入らず、表舞台に立ってほしくないと考えている者が多い。さらに、アウスラーフを廃し、現皇帝の嫡子のカドマを皇太子に据えたいと考えている皇太后を支持する有力貴族も多い。

　アウスラーフと、皇太子の指名権をもつ兄皇帝の接近を嫌う者は大勢いるというわけだ。

「まあ、そんな話は今はいい。そう難しく考えるな。余は身の回りのことは自分でできるから、これまでとそう変わらない。ただ、表向きは従者という職を与えるだけだ」

「いえ……いえ、殿下、予言もいつまでお役に立つか分かりませんし、私など……」

彼が予言の力を頼りにするのは分かる。安易に未来を教えた自分の過《あやま》ちだ。サスランは力なく拒否した。

命令であれば、一介の庭師に拒否権などあるはずがない。けれどこのまま逆行前と同じに従者になってはまずい。これ以上、彼と関わってはいけないと、本能が告げていた。

「予言の力は貴重だが、正直それは重要ではない。この皇宮には、余の敵が多い。味方の顔で寄ってくる者はすべて、余に見返りを求める。そなたはそのどちらでもない数少ない一人だ。そなたの真意は分からない。そなたが本当に花の予言とやらを授かったのかどうかも、余には知る術《すべ》がない。だがそんなことはいい。余は言葉よりも行いを信じる。この皇宮の中で、余が信じられる人間は少ない。そなたを、そばに置いてはいけないか？」

静かに懇願するアウスラーフに、サスランは息を呑んだ。

「余はそなたに、離れに来てほしい。余のそばに居れば危険が及ぶかもしれぬが、余がそなたを守る」

「何を……おっしゃってるんですか」

この国の皇子ともあろう者が一使用人を守ると言い出すなんて、あってはならないことだ。そしてこれは、逆行前に感じたことと同じだ。どうしよう。嫌な予感がどんどんと大きくなっていく。早く、アウスラーフの前から消えなければ。

サスランはぎゅっと拳を握りしめた。

「私を守るなんて、二度とおっしゃらないで下さい」

「……そなたがそう望むなら口は噤んでいよう」

「殿下……っ」

不安で頭がおかしくなりそうだった。

「サスラン、そんな顔をするな」

もう一度名前を呼んで、アウスラーフが手を伸ばしてくる。抗う隙も無く、その手は頬に触れ、サスランを抱き寄せた。

「殿下……ッ」

振りほどこうとしてもその腕は力強く、サスランを離さない。

そのぬくもりは懐かしかった。離れなければと警告する理性に対し、感情が嫌だと駄々をこねる。

アウスラーフはどうしてこんなことをするんだろう。これは友情なのか、愛情なのか、それとも逆行前よりしたたかになった彼の、何らかの策略なのか。

このまま彼を受け入れたら、自分とアウスラーフはどうなってしまうのだろう。彼はまた、自分に恋をするのだろうか。そして自分は与えられるまま、彼に流されて――。

——愛してなんか、いなかったのに。愛が何かさえ、分からないまま。

「今、離れの部屋を準備させている。荷物をまとめておいてくれ」

声が出なくなったサスランは、身を縮め、ただ首を振った。

一体何を間違えたのか。アウスラーフの姿が階下に消えても、サスランは縮こまっていた。


部屋を出る時まとめた荷物は、やはり袋ひとつだけだった。いや、袋の中身は逆行前のあの時よりさらに少ない。サスランは小さな荷物を担ぐと、外套の前を掻き合わせて歩き出した。日の出の遅いこの時期は、皆が働き始める時間になってもまだ外が薄暗い。

そんな中、いつか噂に聞いた通り、アウスラーフは離れの庭で鍛錬に励んでいた。ゆっくりと昇る朝日が彼の均整の取れた身体つきを照らしている。

まぶしくて目を細めると、ちょうどアウスラーフがこちらに気づく。彼はそばに控えた護衛に何事か呟いて下がらせ、大股でこちらへ向かってきた。

「サスラン」

まだ鍛錬を始めたばかりだったのか、彼は汗ひとつかいておらず、涼しげな表情だった。

けれどサスランの来訪を喜んでいるのがその瞳の柔らかさで分かる。

「……すんなりと従者になりに来た様子ではないな」

アウスラーフに苦笑交じりにそう言われ、サスランは荷物を掴んだ手を固く握った。

昨夜、アウスラーフが去った時から考え続けていた。

アウスラーフから離れた方がいい。けれど、周囲にアウスラーフの命を狙う者が増えているという事実もまた、見過ごせない。このまま皇宮を去ってしまって良いのだろうか。

未来を知る自分がいれば何かを変えられるかもしれないのに、と。

逆行前、自分はただ、彼がすべてを失うのを見ていた。彼に何も返せなかった。

今、自分は彼のために何を選ぶべきなのか。何をすべきなのか。

アウスラーフを離れへ移す前から、考えていたことがある。

「殿下。従者になる代わりに、ひとつ約束していただけませんか」

震える声で、サスランは言った。

「……約束？」

「殿下に、死の運命が迫っています」

完全に、決別する。

アウスラーフの前で右手の上に左手を重ね、目の高さに掲げる。

「その運命を回避するために、バンダーク大公の娘アディラ嬢とご結婚ください」

深く頭を垂れる臣下の礼の形をとって、サスランは告げた。

アウスラーフを救うため、すべきことは何か。アウスラーフと恋に落ちてはならない。しかしもはや、それだけでは足りない。

逆行前にアウスラーフが兄皇帝と交わした約束は、ある意味では彼を守っていた。そう遠くない未来に皇籍を捨て、国を出るという確かな約束の存在によって、皇太后はアウスラーフに手出ししなくなったのだ。そうでなければ皇太后は、孫のカドマを皇太子に据えるためにアウスラーフを屠《ほふ》ろうとし続けたことだろう。

あの密約の代わりに、皇太后からアウスラーフを守る何かが必要だ。皇帝に次ぐ権力を持つ皇太后を牽制しうる強力な後ろ盾は何か。それは、この皇国内に自治領を持ち、皇太后の生家も属する親皇族派の筆頭貴族であるバンダーク大公家以外に考えられなかった。

そのバンダーク家の娘と結婚し、姻族になることで、皇太后の刃を遠ざける。アウスラーフを皇帝にと企む過激なアメジア派に対する強烈な牽制にもなるだろう。

それが、サスランの辿り着いた結論であり、皇宮に残る理由だった。

アウスラーフからすぐには返答がなかった。頭を下げているから、今彼がどんな表情をしているのかは分からない。唐突な予言に困惑しているのか、あるいは出過ぎた物言いに怒りを感じているのか。

　続く沈黙に不安を感じ始めた頃、サスランの耳に低く唸《うな》るような声が届いた。

「そなたは、この身を守るためにバンダークの令嬢と結婚せよと言うのか。下らない。そうまでして生き延びようとは思わない。死は怖くない。死ぬべき時を、自分で見定めたいとは思っているが」

「死ぬべき時などありません。殿下が結婚をして下さらなければ、私は皇宮を下がります。殿下をお守りできないのなら、私がここにいる意味はありません」

　交渉のつもりはなかった。結婚しないのならば、もうアウスラーフのそばにいることはできない。そもそも、彼とは出会わないと決めていたのに、なし崩しにここまできてしまった。これ以上流されるわけにはいかない。

　顔を上げ、きっぱりとした言葉を投げつけると、アウスラーフの瞳が揺らいだ。

「それが、そなたの望みか」

　問いかけとともに、アウスラーフに片腕をとられる。こちらをじっと見下ろすその瞳の奥には、何かが燃えていた。怒っているようにも、どこか悲しんでいるようにも見える。

「はい、殿下。望みを叶えていただけるのなら、私は従者として殿下にお仕えします」

　底知れぬ夜の色をした瞳を、サスランは臆さず見つめ返した。そのまま反対側の自由な手で、彼の手をそっと外す。

ただ、アウスラーフに生きていてほしい。それ以上の望みは持たないと決めたのだ。

アウスラーフの冴えた藍色の双眸が、ゆっくりと瞬く。

「余が望みを叶えれば、そばを離れないと誓うか？」

「……はい、殿下」

そう答えながら、サスランはアウスラーフを無事結婚させることができたら、その時こそ皇宮を去ることを胸に誓った。そうしなければならないと、理解していた。

アウスラーフに、初めて嘘をついたかもしれない。舌にのせた偽《いつわ》りに気を取られていると、腰を掴まれ、ぐっと身体を引き寄せられる。

次の瞬間、唇に柔らかな感触があった。

「……え？」

驚いて目を瞬くと、燃えるように輝く瞳に射抜かれる。

今、彼は、何を。

硬直するサスランをその視線で貫いたまま、アウスラーフはゆっくりと身体を離した。

そして唇を引き結び、目を伏せる。

そして再び目線を上げた時、彼の目はすでに凪《な》いでいた。呆然とするサスランの耳に、静かな声が届く。

「承知した。それがそなたの望みなら、バンダークの令嬢に愛を乞おう」

サスランは瞠目《どうもく》した。直前の行為とは、まるで釣り合わない発言に混乱する。

言葉を失っていると、アウスラーフが何事もなかったかのようにくるりと踵を返し、「ついてこい」と命じる。その背中が遠ざかり、サスランは慌てて追いかけた。

離れの玄関に入ったところで、待機していた護衛主任を紹介される。反射的に挨拶を返しながら、ようやく我を取り戻した。

甘い顔立ちに濃い灰色の髪が印象的な長身の男はグレナと言い、皇帝の選りすぐりらしい。逆行前にもこの離れに皇帝が選んだ兵はいたが下役で、護衛主任となったサキは皇太后の手の者だった。その運命も変わっていることにサスランは驚き、そして喜んだ。グレナに再び待機を告げ離れの廊下を歩き始めたアウスラーフは、ふと口を開いた。

「バンダーク家か。ずいぶん大胆なことを言い出したな。強力な後ろ盾を望んでは叛逆《はんぎゃく》の意志ありととられかねぬ。兄上がお許しになると思うか」

確かに、第一皇子が大公家の力を得れば、皇帝に対抗しうる勢力になる。

しかしサスランは動じなかった。

「皇帝は聡明で弟思いの方。必ずやこの縁組の意図を斟酌《しんしゃく》し、歓迎下さるでしょう」

この点については確信があった。なぜなら逆行前、この縁談をもたらしたのは他ならぬ皇帝だったからである。

そして、それがアウスラーフと兄皇帝の密約のきっかけでもあった。

皇帝は弟を守るため大公の娘と結婚させようとしたが、皇太后の妨害もあり、なかなか実現しなかった。サスランと深い仲になってからは、アウスラーフ自身が婚約を拒むようになり、この国の成人である十八歳になると自身の思いを兄に打ち明け、いずれは皇籍を捨て国を出るという約束をしたのだった。

今なら分かる。あれは分岐点だった。あのとき、アウスラーフが自分でなく大公の娘との未来を選んでいれば、あんな死を迎えずに済んだだろう。

「女王も、黙っているとは思えないが」

「大公が公《おおやけ》に殿下を望めば、おいそれと手出しはできないはずです。花の精は予言を違えません。バンダーク家の加護を得れば、殿下はこの国で末永く安寧を得られるでしょう」

自信をもって、サスランは答えた。アウスラーフからの反論はなかった。

彼を説得できたことに安堵しつつも、不安は拭えなかった。さっき、抱き寄せられた一瞬の出来事。あれは確かに口づけだった。昨日の親愛の口づけとは違う。あの瞬間、彼の激情を垣間見た気がする。けれど一瞬後には、表情を変えていた。今のアウスラーフが何を考えているのか、まるで分からない。

「あの、殿下……」

呼びかけると、アウスラーフがこちらを見る。その瞳は今、冷たくすらあって、「何でもありません」としか続けられなくなった。

だいたい、何を聞こうというのだ。提案は受け入れられた。彼を結婚させることだけを考えればよいのだと、サスランは自分に言い聞かせた。


「ようやく蕾がついたけど、数が少ないな……」

初夏の夕暮れ、サスランは離れの脇に新しく作った花壇の前に立っていた。

サスランの胸の高さほどの薔薇《ばら》の木は、まだ成木と呼ぶには弱弱しく、つけた蕾も小さい。サスランはひとつため息をついた。

宿舎の屋根裏を出てから半年が経った。離れでの暮らしは想像以上に静かなものだった。主だった使用人はハズルと数人の下男だけ。アウスラーフは自分で言った通り身の回りのことは何でも一人でやり、滅多に自室に人を入らせない。

サスランは今まで通り庭師としての仕事を続けた。離れの庭を好きにしていいと言われ、今はその整備に夢中になっている。時折アウスラーフに呼ばれて彼の話し相手になったが、それ以外はこれまでの生活とさほど変わらない。

従者となれば、これまで以上にアウスラーフと関わりが増えるのではという心配は杞憂《きゆう》に終わった。拍子抜けしたものの、結婚へ向けての準備に集中することができた。

アウスラーフを、バンダーク大公の娘と結婚させる。勝算はあった。

逆行前、兄皇帝は皇太后の猛反対を押し切って、成人を迎えたアウスラーフに宮中舞踏会でバンダーク大公の娘・アディラをエスコートさせようとした。皇帝がそれを契機とし、二人を婚約させるつもりなのは明らかだった。けれどアウスラーフはすでにその時サスランに愛を誓っており、その舞踏会への出席を断った。

今回は、必ずアウスラーフに彼女をエスコートさせなくてはならない。逆行前と同じなら、それは次の春だ。

その時に向け動き始めたサスランの耳に、願ってもない噂が届いた。先日アディラ嬢が第二宮を訪れた際、アウスラーフを見初めたというのである。

皇太后は親皇族派の貴婦人や令嬢を集め、定期的に茶会を催している。アディラ嬢はその茶会の常連であり、月に一度は第二宮を訪れていた。そんな茶会からの帰り際、庭で鍛錬に励むアウスラーフの姿を目にしたらしい。

逆行前、アウスラーフが剣術の稽古《けいこ》を始めたのはサスランと深い仲になった十七の頃だ。それより一年早く身体を鍛え始めた今の彼は、逆行前より精悍《せいかん》だ。早くに離れに移り、食生活が改善したことも影響しているだろう。身長も以前の同時期より伸びているように、サスランは感じていた。

だからアディラ嬢の目に留まったのかもしれない。逆行前、アウスラーフの存在を彼女が気に留めることはなかった。

運命が、大きく変わり始めている。大公の娘がアウスラーフを意識し始めてくれたなら、それは喜ばしい変化だ。このまま、何もかもうまくいきますように。その仕上げが、この薔薇になるはずだ。

無心になって雑草取りをしていると、次第に手元が見えにくくなって、陽が落ちたことに気づく。サスランは立ち上がって、額の汗を拭った。そろそろ、終わりにしよう。

靴の泥を落として離れへ入ったサスランは、いつもは閉まっている書斎の扉が半分開いていることに気づいて足を止めた。

「殿下……？」

そうっと中を窺うと、庭に向かってせり出した出窓の縁にアウスラーフが腰かけていた。片膝を立ててもう片方の足を投げ出している行儀《ぎょうぎ》の悪い姿だけでも驚きだったが、足元に凝った銀細工の小さな壺があり、そこから伸びた細いパイプが彼の手にあるのを見て、サスランは目を瞠《みは》った。あれは多分、アメジアの水煙草《みずたばこ》だ。

明かりのついていない部屋で、漂う煙《けむり》がぼんやりと白く見える。窓の外に投げる視線は気怠く、物憂さが漂っていた。見てはいけないものを見てしまった気がして、そっと後退る。けれど、そのまま立ち去ることは許されなかった。

「サスラン、ここに」

こちらを一瞥もしていないのに、誰が来たのか分かっていたらしい。有無を言わさぬ口調でそう命じられ、仕方なく窓辺へと寄る。接触はそれほど多くないとはいえ、こんなふうに気安く呼ばれることは増えた。

「もっと近くに」

「いえ、汚れておりますので」

「そうか？　夏の香りがする。こんな煙草より、よほど良い匂いだ」

汗臭いということか、と恥ずかしくなると同時に、細長い吸い口を咥える横顔が見慣れず、サスランは視線を彷徨《さまよ》わせた。それに気づいたアウスラーフがようやくこちらを見て、「どうした」と笑う。その瞳にはどこか、面白がるような光が宿っていた。

水煙草は珍しいが、この国に煙草は広く流通している。しかし、成熟した大人が嗜《たしな》むものだという印象が強い。まだ十七歳のアウスラーフが水煙草を燻《くゆ》らす姿はどうにも背徳的だった。彼が全く知らない人間になってしまったようで、少し恐ろしくもある。

「そういったものは……お嫌いかと」

サスランは辛《かろ》うじてそう答えた。逆行前のアウスラーフは、水煙草など吸ったりしなかった。十八歳になり成人し、煙草や酒を献上されても手を出さなかったし、どちらかといえば不健全なものとして敬遠していたように思う。

「嫌いではないし、好きでもない。ただ、ナスフがいたら、身体に悪いし皇族にふさわしい姿ではないと咎《とが》められただろう。小言を言うナスフを想像すると、少し気が紛れる。そのために吸っているようなものだ」

アウスラーフが淡い笑みを浮かべる。ナスフの名を耳にして、サスランは胸を衝かれた。

逆行後のこの世界で、自分とアウスラーフは友人にも、恋人にもならなかった。今のアウスラーフを生かしているのは、亡き侍従との思い出だけなのかもしれない。

「なぜそんな目をする」

急にそう聞かれて、目を伏せる。寄り添って彼を支えたいけれど、そうしてはいけない。その立場になるべきなのは――アディラ嬢だと、考えると胸が痛くなった。

無言でいると、アウスラーフが手元に視線を落とす。

「この煙草はアメジア派の貴族がこっそりと贈ってきたものだ。この水煙草を始め、アメジア産の酒や書籍に、重税が課せられている。その現状を憂いているのだそうだ。余に陳《ちん》情《じょう》しても、何の意味もないのに」

ひどく気怠げに言って、こちらを見る。

「……幻滅したか？」

「え？」

「そなたの思う余は、煙草など吸わない、品行方正で民思いの、良き皇子か？」

今日は一体、どうしたというのだろう。こんなふうに自虐的な彼を見るのは初めてだ。

「何か……あったのですか？」

その問いに、アウスラーフは「いや」と短く答えた。それ以上は踏み込めなくて、歯がゆい気持ちになる。視線をアウスラーフから窓の向こうの庭へと逃がすと、それに気づいたのか、アウスラーフが話題を変えた。

「最近熱心に育てているのは、何の花だ？」

「殿下と、アディラ嬢を結ぶ薔薇です」

サスランはさらりと答えた。逆行前の記憶では、アウスラーフが欠席した宮中舞踏会で、アディラ嬢をエスコートしたダイフ侯爵が彼女と婚約した。舞踏会では男性が女性に、花

――特に大切な相手には薔薇を贈る習慣がある。舞踏会で侯爵が贈った水蜜薔薇という珍しい薔薇が彼女の心を射止めたのだと、もっぱらの噂だった。水蜜薔薇は、その青味がかった白い花弁についた朝露がサファイヤのように青く輝くと言われる。

舞踏会でアディラ嬢を射止めるため、アウスラーフには絶対に水蜜薔薇を持たせたい。

離れに移った後、サスランは同僚の庭師や出入りの行商人に聞きまわり、貯めた銀貨を使って苗を手に入れた。そして、舞踏会までにその薔薇を完璧に仕上げるつもりでいる。

水蜜薔薇の白さは、アウスラーフの黒髪を際立たせるだろう。彼の、アメジア特有の髪や瞳の美しさを、アディラ嬢が受け入れてくれればいいのだけれど。そして願わくは、後ろ盾だけでなく、彼が本当に必要としているものを、与えてくれたら。

サスランは後ろに隠した手を、ぎゅっと握りしめた。祈りに何故か、痛みが入り混じる。この世界で、自分は彼の友人にも恋人にもなれない。分かっているのに、この苦しさは、一体何なのだろう。

「それはまた、随分と花の精らしい予言だな」

アウスラーフがゆったりと吸い口に唇をつける。煙とともに吐き出された声は、どこか投げやりだった。

「そういえば、昨日兄上から伝達があった。秋に舞踏会を催すから必ず出席するようにと。

そして、その舞踏会にはバンダーク大公の令嬢も出席すると、わざわざ付け加えられていた」

サスランは驚いて、思わず声を上げた。

「秋に舞踏会を？」

「そうだ。本来、秋に舞踏会はないのだが……狩猟大会の後に舞踏会を催すことに急遽決めたらしい。略式にするから、成人前の余も出られると」

なるほど、とサスランは思った。今、バンダーク大公の娘がアウスラーフを見初めたという噂が皇宮中を駆け巡っている。皇帝はこの機を捉え、二人を婚約させようと舞踏会の開催を決めたのだろう。

それは紛れもない吉報だったが、サスランが最初に感じたのは、また時の流れが変わった、という不安だった。逆行前、皇帝がアウスラーフにエスコートを命じたのは、春の宮中舞踏会だった。それはまだ半年以上先のことだ。

「実は、この国に来た頃に、兄上に彼女との縁談をそれとなく匂わされたことがある。バンダーク家の後ろ盾は余を守るだろう、と。だから、そなたがあの娘と結婚しろと言い出したときは驚いた。バンダーク家の娘とアメジアの血が流れる余を娶《めあわ》せようなんて考える人間が、兄上のほかにいるとは」

　ということは、サスランが大公の娘との結婚を提案した時、彼は皇帝の意志を知りながら、「皇帝が許すと思うか」と聞いたのだ。もちろん、こちらの出方を見るために。そのことに気づいて、少し背筋が寒くなる。今のアウスラーフは、逆行前の彼と違い、たびたびこういった狡猾《こうかつ》な面を見せる。

「……私は、予言に従ったまでです」

「しかしこの舞踏会は花の精にも予言出来なかったらしいな。まあ、余も驚いた。兄上がこんなに強引に事を進めるとは、思っていなかったから」

「噂を耳にされたのでしょう。アディラ嬢が殿下を見初められたと」

「そんな話が、確かに出回っているな。ただ見ていたというだけで大げさな」

　二人の間では一度も話題に上らなかったけれど、噂はアウスラーフの耳にも届いていたようだ。サスランは勢い込んで言った。

「婚約へのまたとない機会です。その時はぜひ、令嬢に特別な花をお渡しになり、彼女をエスコートしてください。私が腕によりをかけて育てますから」

　こんなに早く舞踏会が行われるとは思っていなかった。水蜜薔薇はきちんと世話をすれば、寒い冬を除き一年を通して繰り返し花をつける。けれど、今手元にある苗は育て始めたばかりで、まだ一度も花を咲かせていなかった。秋の舞踏会までに美しい花を咲かせられるか不安ではあるけれど、この機会を逃すわけにはいかない。

「ちなみに、その舞踏会にダイフ侯爵が出席されるかご存じですか？」

「ダイフ侯爵？　ああ、皇太后の気に入りだから当然来るだろう。彼がどうかしたのか」

サスランはぐっとこぶしを握った。もしかしたら侯爵も水蜜薔薇を持参して求愛するかもしれないから、負けていられない。ふつふつとやる気が漲る。明日にも追加の石灰を仕入れて、この前他の庭師から聞いた栽培方法を試したい。これからの時期は雨が多くなるから、その対策も立てなければ。とりあえず今すぐ、道具の確認がしたい。

「やるべきことがたくさんあります。庭に戻ってもよろしいですか？」

庭仕事に関しては、アウスラーフはいつも好きなようにさせてくれる。だから当然許可が返ってくると思って聞いたのだが、今日に限って答えは否だった。パイプを置いて窓から下りた彼に手首を掴んで引き留められ、サスランはきょとんとした。

「殿下？」

「舞踏会まであまり間がない。令嬢への対処方法を聞きたいのだが」

そう言うアウスラーフの表情はいつもの通り柔らかく、しかしどことなく底が知れない。

「対処方法……ですか」

「余はどう口説《くど》けばいい？」

急にやる気を見せるアウスラーフに、サスランは戸惑った。とはいえ、彼の質問はもっともだ。

確かに花を贈ることは大切だが、それは自分が逆行前に花が縁結びになったことを知っているからそう考えるのであって、令嬢との対話が重要なのは間違いない。

バンダーク大公は一人娘を溺愛しており、結婚に関して彼女の意向を尊重すると日頃から公言していた。それは大公家を取り巻く様々な思惑と距離を置きたいという意思表示でもあったのだろう。実際、逆行前の彼女は家格の劣る侯爵家へ嫁いだ。

アウスラーフは大人びてはいるがまだ十七歳で、若い女性との会話経験はさほどないだろうから、不安に思って当然だ。

もちろん、サスランにだってそんな経験はない。けれど、参考になるかと思い情報は収集していた。逆行前の自分なら、考えられないことだ。

「アディラ嬢についてはほとんど存じ上げませんので、一般的なことしか申し上げられませんが、相手を褒《ほ》めるのが基本のようです。容姿、服装、仕草、趣味。相手に興味を持ち、できるだけ多く褒めて下さい。ただしやりすぎは品がないですし、心に無いことを言うと見抜かれますから、あくまでも自然な発言を心がけると良いそうです」

「ほう」

「それと、どんな会話や仕草でも、相手が少しでも嫌がるそぶりを見せたらやめることが大事だそうです。殿下が令嬢に無礼を働くところは、あまり想像できませんが」

「なるほど説得力がある。そなた、実は恋愛経験が豊富なのか？」

「そんなわけないじゃないですか。グレナ殿に教わったのです」

　グレナは若くして騎士の称号を得、すらりとした体躯に甘い顔立ちで、下女や女官にかなり人気がある。当人もそれを自覚していて、恋愛の事なら何でも分かるとサスランに豪語した。参考になると思い色々話をするうち、想い人がいるのかと聞かれ、詮索を躱すのにとても苦労することになった。

「グレナに？　そんなに親しい話をする仲だったか？」

「え？」

　アウスラーフがふいに手を伸ばし、肩まで伸びたサスランの髪に触れる。水煙草のものだろう、異国の果実の香りがふわりと漂い、心臓が大きく跳ねた。

「この髪は、こうして灰を被っていても美しい。いつか、ありのままを見てみたい」

　いつになく軽やかに言いながら、さらさらと零れる髪にアウスラーフが指を通す。その整った顔には相変わらず笑みを浮かべているが、なぜか目が笑っていない。

　突然何が始まったのか理解できず、身体が動かない。

「褒めるとすぐ目を逸らして落ち着かなさそうにするのが、愛らしい」

「……っ、殿下、何を」

彼が口にする甘い言葉に、思考が止まる。

きっぱりと拒否するべきだと思うのに、うまく言葉が出てこない。直接触れられている
わけではないのに、くすぐったさを感じている。

「褒めればいいんだろう。練習させてくれないのか？」

その言葉に、急な昂ぶりがすっと冷えた。

練習か。そうだ。当たり前だ。練習以外で彼がこんなことをする理由がない。そのこと
になぜ自分が傷つくのか、サスランには分からなかった。

「れ、練習などと」

「そなたの好むものが知りたい。そなたの一番好きな花は何だ？」

「私、の好みなど、聞いても意味がありません」

「会ったこともない令嬢のことより、そなたの話を聞きたい。……ラン」

そう呼びかけられて、サスランは息を詰めた。

逆行前、閨《ねや》でだけ使っていた呼び名。どうして急に、それが飛び出したのか。

閨の空気を思い出して、勝手に頬が染まってしまう。

「おやめください、殿下」

主導権を握られては駄目だ。サスランは必死に顔を背け、まだ髪で遊ぶアウスラーフの指を掴んで引き離した。

アウスラーフはさして抵抗もせず、手を引っ込める。

「相手が嫌がるそぶりを見せたらすぐやめること、だったか？」

まるでこちらの動揺を楽しむかのようにふわりと微笑むアウスラーフを、サスランは思わず睨《にら》んだ。

もしかして彼はただふざけているのかもしれないと、ようやく気づく。

おかしい。自分は実質二度目の人生を生きているから、精神年齢的には今のアウスラーフをだいぶ上回っているはずなのに。年下の彼に、どうしてか翻弄《ほんろう》されている。今のアウスラーフは、一度目の彼がほとんど見せなかった獰猛《どうもう》さや狡猾さを覗かせる。

まだ心臓が早鐘を打っているけれど、努めて平静な声を出す。

「もういいでしょう。庭へ、戻らせて下さい」

アウスラーフは何かに満足したように、今度はすぐに許可を出した。

その日からというもの、サスランは寝食を忘れて薔薇の育成に没頭《ぼっとう》した。水蜜薔薇は虫がつきやすく、暑さにも寒さにも弱い。夜に湧く虫が心配で眠れず、夜中に何度も見に行ったりもした。

夏の盛りに咲いた一度目の花は、小ぶりで花弁も貧弱な上、すぐに萎《しお》れてしまった。その時はがっかりしたけれど、夏の暑さが終わる頃にはしっかりとした蕾がいくつかつき、今度こそ美しく花を咲かせることにサスランは神経を尖《とが》らせた。

「まだ庭に出ているのか」

「殿下」

その日も一日中庭仕事をしていたサスランは、声をかけられてようやく日が暮れかかっていることに気づく有様だった。舞踏会を四日後に控え、薔薇はまだ蕾だが、このまま何事もなければ明日にも開花するという段階にきている。今が正念場《しょうねんば》だった。

振り返ると、アウスラーフが大層不機嫌な顔でこちらへ来いと手招いている。

「この前、日に当たりすぎて倒れたばかりではないか。そなたが草花を愛しているのは知っているが、ここ最近の根の詰めようは異常だ」

「すみません。今晩、嵐が来そうなのです。花を守る準備をしないと……。やっぱりもっと丈夫な覆いが要るな」

　その命令に従わず、サスランは編んだ藁を被せた覆いが風に揺れるさまを眺めた。今はまだ、湿った風が頬を撫でていく程度だが、そのうちに叩きつけるような雨が降るだろう。薔薇はすっかりやられてしまうに違いない。夏の終わりに時折訪れる、厄介な嵐だ。

　話している間にも風が強くなり、サスランは顔を顰《しか》めた。

「余も手伝うか？」

「滅相《めっそう》もない。舞踏会まであと四日ですから、雨に濡れでもして体調を崩されればことです」

「そなたが戻らぬのであれば余も戻らぬ」

「子供のようなことをおっしゃらないで下さい。私は覆いをもっとしっかりしたものに変えなければ。せっかくついた蕾が台無しになってしまいます」

　アウスラーフはこちらに近づいてきながら、空を見上げた。つられて同じ方向を見ると、空が瞬く間に暗くなり、少し遠くの方ではすでに稲光が走っている。

「そなたの言う通り、嵐が来そうだな。早く中へ入るんだ」

　言うなりアウスラーフが手を伸ばしてくる。肩を掴まれたけれど、サスランは身体を捻ってその手を払った。

　ぽつ、ぽつ、と雨が頬を叩き始める。すぐに風が強くなり、横殴りの雨がアウスラーフに、そして庭の草木に容赦《ようしゃ》なく降りかかる。間に合わない、とサスランは歯噛みした。

気持ちとしてはいっそ、嵐が去るまでここに立ち、この薔薇を守りたい。そんなことを考えていると、まるでそれを見透かしたかのように、アウスラーフが藁の覆いに手をかけた。

「そなたが動かないと言うなら今すぐこの薔薇を折る」

「何を言い出すのですか。この薔薇は苗も種も、そう簡単に手に入るものではないのです」

「本気だ」

薔薇の木を挟んで、睨み合う。やがて雷鳴が轟くと、アウスラーフはサスランの肩を強引に抱いた。とうにサスランの背丈を追い抜いたアウスラーフの身体は、筋肉もついて力では敵わない。

アウスラーフを雨に濡れさせることに戸惑いのあったサスランは、仕方なく離れまで連れていかれたものの、やはり薔薇が気になって仕方がなかった。館の中に押し込まれ、それでも未練がましく扉に張り付いていると、アウスラーフがわざとらしくため息をつく。

「あの薔薇がそんなに特別なのか？　それも花のお告げか？」

「はい。あの薔薇は、殿下とアディラ嬢を結び付ける大切な花なのです。絶対に美しく咲かせなければ」

振り返ってそう言うと、アウスラーフの顔が目前に迫っていた。扉とアウスラーフの身体の間に閉じ込められ、身動きが取れない。

額に雨で張り付いた前髪を、アウスラーフの指がそっと横へと流す。

「余を結婚させるために？」

アウスラーフとの距離があまりに近く、直視できずに視線を逃がす。

扉の外から、一層強くなった雨音が聞こえてくる。やはり庭へ行かせてくれ、と頼もうとした唇は、柔らかな感触によって塞がれた。

アウスラーフに口づけられている。

そう理解すると、頭が真っ白になった。

「で、ん……っ!!」

微かに開いた唇の隙間から、するりと舌が入り込んでくる。

悲鳴は彼の唇に飲み込まれた。逃れようとすると背中が扉に押し付けられ、さらに口づけが深くなる。唇の柔らかさ、口内を探る舌の熱さ、絡まってゆく唾液に思考が焦げ付く。

雨に冷えた身体が熱くなった。

「あ、ふ」

ただ欲情をぶつけるように上顎を舌で擦られ、ぞくぞくと身体に震えが走る。こんなに強引な口づけを、受けたことがない。

口づけたまま、アウスラーフの掌が後ろ頭に這わされる。その指先に首筋をくすぐるように撫でられると、腹の底がぞくりと疼いた。

「ん、んん……」

否応《いやおう》なしに生まれる快感から逃れようと身を捩《よじ》るが、扉に押し付けられているせいで逃れられない。

「んぁっ」

そのうち、首を撫でていた指先がするすると上がり、耳朶《じだ》に触れた。反応を確かめるように雨に濡れた耳殻《じかく》をじっとりと辿る。

「殿下、何を急に、あっ」

耳の後ろの、付け根の部分をこすられると、どうしようもなくくすぐったくて、身体がぞわぞわとする。悪戯《いたずら》な指から逃れようと顔を背けると、あっさり唇が解放された。

「令嬢への接し方は聞いたが……閨の作法はまだ教わっていないな。結婚すれば、当然こういうこともする。そうだろう？　サスラン」

薄い唇がにやりと笑い、温かい感触が耳に移る。

「や……ッ」

濡れた感触が、敏感になった耳たぶに這わされた。アウスラーフの吐息が耳にかかり、身体がカッと熱くなる。アウスラーフの存在を意識しすぎてしまって、息もできない。耳がくすぐったくてたまらない。

「やめ、やめてくださ、あ……っ」

抗議の言葉を上げたところで、耳殻に歯を立てられ、喘いでしまう。はっはっと息をしながら、サスランはアウスラーフの胸を押し返そうと手を突っ張った。けれど舌で耳の裏を舐められると、腕から力が抜けてしまう。反対側の耳を親指の腹ですりすりと擦られ、どうしようもない快感が全身を駆け巡った。身体がぐずぐずに溶けていく。耳に口づけられているだけなのに。

確かに、もともと耳は弱かった。けれどここまで執拗《しつよう》に攻められたことはなく、こんなに感じてしまうのは初めてで、恐ろしくなる。

「練習だ、サスラン」

「戯《わたむ》れが、過ぎます……ッ」

耳に唇をつけたまま囁かれると、それだけでぞくぞくして声が詰まってしまった。

咎めても、アウスラーフは意に介さずサスランの顎を掴んだ。熱のこもる眼差しが、サスランの双眸を射抜く。

「戯れではない。そなたの望みを叶えようとしている。令嬢と、結婚しようと」

「こ、こんな……っ」

そう叫んで顔を背けたが、顎を掴んで戻され、噛みつくように口づけられた。唇に歯を立てられ、ピリリとした痛みが走るが、すぐに快感にすり替わる。腰へと下りた手にわき腹から胸までを撫で上げられると、敏感になった肌が粟立《あわだ》った。

まずい。強引に与えられる快感に抗えない。逆行前も、アウスラーフを拒めたことなんてなかった。

身体が、彼と抱き合う恍惚《こうこつ》を思い出してしまう。

「ん、ぁ、や」

くちゅ、と音の立つ口づけの合間に漏れた声が、自分でも恥ずかしいほど欲を帯びている。

アウスラーフの手に胸を探られると、服の上から触れられているだけなのに、乳首が張り詰め、ぴんと尖った。

その快感は、簡単に下肢にも伝わってしまう。じんじんと性器が疼き始め、唇を吸い上げられるごとに芯を持つ。すぐにはっきりと服の上からも分かるほど硬くなってしまい、サスランはそれをどうにか隠そうと再び身体を捩った。

「ん？」

けれど却ってその動作が、アウスラーフに熱の在処《ありか》を教えることになった。口づけを解いた唇が、ふっと笑って舌なめずりする。

腰を引くが、太ももで足の間を探られ、兆していることを知られてしまう。駄目だ、と思った次の瞬間には、下履きに彼の手が差し込まれ、硬くなったものを握られてしまった。

「あ、これは、ちが…」

頭の中が羞恥《しゅうち》と絶望に塗りつぶされる。断罪するような鋭い視線でサスランを射抜いたまま、アウスラーフは性器を握った手を上下させ始めた。

欲情しているくせに、と。その目が語っている。

あさましい欲を知らしめるようにアウスラーフの手つきは激しさといやらしさを増した。

「や、やめ……んっ」

拒否する声が情けなさに震え、吐息に変わってしまう。服の下で、性器がますます張り詰め、蜜をこぼし始めている。

「サスラン」

耳元で名前を呼ばれると全身から力が抜ける。

濡れた性器を絞るように擦られ、がくがくと膝が震えた。

アウスラーフの手を引きはがそうとしたけれど、引っかくだけで終わってしまう。

「おやめ、下さ……」

「そなたは本当に、余の結婚を望んでいるのか？　余はそなたの本当の望みを知りたい。それを答えたら、やめてやる」

耳に唇をつけて言葉を吹き込まれ、快感が身体の中で大きく膨らむ。

本当の望みなんてない。アウスラーフを生かすことのほかには、何も。

「ありません、何も……っ」

サスランは無我夢中《むがむちゅう》で、首を左右に振った。

きゅ、と先端をいじめられた瞬間、快感に脳裏が白く染まる。高まる射精感から逃れられなくて、きつく瞑《つむ》った眦《まなじり》に涙が滲んだ。

全身がぶるりと震え、欲望が噴き出る。アウスラーフの手に握りこまれた性器は、ひくひくと痙攣《けいれん》を繰り返して白濁を吐き続けた。そのことに、泣きたくなる。

ぐったりと脱力していると、額に唇が下りてくる。抵抗する気力もなくて、サスランはただ荒い呼吸を繰り返した。

なだめるように口づけを繰り返しながら、アウスラーフが上着からチーフを引き抜く。そっと性器が拭われ、上衣を直された。

「泣いているのか」

言われて、自分が涙を流していることに気づく。その瞬間理性と羞恥が蘇り、サスランの全身は再び熱くなった。

まだ震えの残る身体を叱咤して、今度こそアウスラーフの胸を強く押す。彼の身体が離れた隙に、サスランは扉を開けて外へ出た。

一歩外へ踏み出すと、途端に強風に煽られ身体が傾ぐ。けれどすぐに体勢を立て直し、庭の隅に積んである中で一番大きな鉢を抱えると薔薇に駆け寄った。すでに覆いが意味を成さず、風で横倒しになりかけている。サスランはずぶ濡れになりながら、根元に手を入れ、掘り起こし始めた。

一か八かだが、避難させてみよう。

「……スラン……サスラン……!!」

大雨の中、微かにアウスラーフの叫び声が聞こえる。サスランは振り返らずに、必死に作業を続けた。できるだけ根を傷つけないように、大きく周りを掘る。

「サスラン、すまなかった」

アウスラーフが背後に立っても、サスランは視線すら上げなかった。石をかき集めて空の鉢の底に敷き、ある程度まで土を入れたところで、薔薇の木を周囲の土ごと持ち上げ、鉢に移した。できるだけ雨風が当たらないように鉢を抱えて歩き出す。

雷が轟いて、空が白く染まる。

離れに入り、玄関ホールの脇に鉢をそっと置く。枝葉についた雨を軽く払ってやってから、ようやくアウスラーフを振り返った。

彼は何も言わず、ただサスランを見つめている。

「殿下、二度と、あんなことはなさらないで下さい」

それだけ言うと、一度も振り返らず自室に入り、寝台に倒れ込む。

ひどく疲れていた。そのまま目を閉じると、すぐに意識は途切れた。


その晩から、サスランは高熱を出して寝込んだ。ようやく身体を動かせるようになった朝、真っ先に玄関ホールに向かうと、薔薇の鉢植えの前には狩猟服に身を包んだアウスラーフが佇んでいた。

そしてまるで待っていたかのように、サスランを振り返る。サスランは、まだ蕾のままの薔薇を見て、次にアウスラーフの顔を見た。彼の表情は硬かった。

「身体の方はもういいのか」

「申し訳ありません。薔薇を咲かせることができませんでした」

サスランは謝罪した。今日はもう、舞踏会の朝だ。アウスラーフは玄関扉を開けると、サスランについてくるよう促した。

「今日の花を選んでくれ」

気持ちを切り替えなければ、と思いながらも、サスランの胸の裡《うち》は重く沈んでいた。もし今日、ダイフ侯爵が見事な水蜜薔薇を持参して、アディラ嬢が彼を選んだらどうすればいい。立派な温室で育てられている薔薇なら、あの嵐をものともせず咲いただろう。

こぢんまりとした離れの庭を、アウスラーフとサスランはゆっくりと進んだ。嵐が去った後は、さわやかな快晴が続いていた。花が散らされたり根元から横倒しになっているものもあったけれど、水蜜薔薇とは違う薔薇が無事なのを見てサスランは胸をなでおろした。これでひとまず、令嬢に薔薇を贈ることはできる。

「嵐に耐えた花もあるのだな」

「背が低い花は、風の影響を受けにくいのです。あの嵐の後に大分気温が下がったので、それで開花した花もあります」

普段さほど花に興味を示さないアウスラーフだが、今日はじっくりと花を見ている。アディラ嬢にどの花を贈るのがいいか、熟慮《じゅくりょ》しているのだろう。

「殿下は月桃花がお好きでしたよね。今は植えていないですが……」

「ゲットウカ？」

つい思いつくままを口にし、不思議そうに問い返されてサスランは慌てた。

アウスラーフが月桃花を好んでいたのは逆行前の話で、しかもそれは彼と出会うきっかけとなった夜に、自分が種を蒔こうとしていたのが月桃花だったと話したことがあったからだ。今の彼は、月桃花を好むどころかその存在すら知らない。

その事実にサスランは胸を衝かれた。彼の中に、自分と過ごした記憶はないことをまざまざと感じてしまい、辛くなる。

「何でもありません」

早口で誤魔化しながら、サスランは咄嗟に、目の前の躑躅《つつじ》に手を伸ばした。小さい葉の形を指先で辿りながら呼吸を繰り返していると、次第に気持ちが落ち着いてくる。

「余はこの花がいい」

アウスラーフの示す花を見て、サスランは戸惑った。

「迷い薔薇……ですか？」

「名前は知らないが、この花がいい。色が気に入った」

「それは薔薇ではなく、菫なのです。花弁の重なりが薔薇のようで、見る者を惑わせるので迷い薔薇と呼ばれています。本当の名前は、八重菫というのですが。舞踏会での求愛は薔薇を贈るものと聞いていますし……菫は薔薇に比べ格が劣ると考える令嬢が多いですから、今日という日には適さないかと」

「薔薇でも菫でもいい。綺麗な花だ。そなたの瞳と同じ色をしている」

アウスラーフはサスランを振り返り、迷いのない瞳で言い放った。

「……殿下」

「とにかく余はその花がいい。それを持っていく。準備してくれ」

それだけ言うと、アウスラーフは踵を返す。

どちらにしろ水蜜薔薇はないのだから、他の花を持たせるしかない。アウスラーフがいいと言うなら、八重菫を。求愛するのは他の誰でもない、アウスラーフなのだから。

サスランは朝の光の下、しばらく淡い紫の花を見つめていた。


皇宮の北に広がる森で行われた狩猟大会は恙《つつが》なく終わった。日が暮れる頃には男性貴族たちが皆礼装に召し替えて、いよいよ舞踏会が始まる。八重菫の花束を携《たずさ》えたアウスラーフの姿は、想像の何倍も美しかった。

金髪を高く結い上げたアディラ嬢はすらりと背が高く、意志の強そうな顔をしており、気品にあふれていた。貴婦人たちの控え室から舞踏会の開かれる広間まで彼女をエスコートするアウスラーフの姿を、サスランはまぶしく見つめた。アディラ嬢の銀色のドレスの胸元に八重菫が一輪挿されているのを見つけ、すべてがうまくいったことを察する。

アウスラーフの腕に彼女が華奢《きゃしゃ》な手をかけ、並んで歩く姿は招待客皆の目を引きつけていた。彼女が堂々とパートナーとして彼を扱うことで、誰もアウスラーフの出自《しゅつじ》やその容姿について揶揄《やゆ》することができない雰囲気が作り出されているように見える。

貴族たちの雑談を盗み聞けば、皇帝はアウスラーフたちの拝謁時、今にも結婚の許可を与えそうなほど上機嫌だったらしい。サスランは成功を噛み締め、一人離れへと戻った。アウスラーフから、病み上がりだから早めに休むようにと言われていたが、気づけば足が庭へと向かっていた。

本宮の喧騒をよそに、第二宮の離れは今日もひっそりと静まり返っていた。緑と花の匂いに包まれるとほっとする。自分が思っている以上に疲れていたらしい。

ゆっくりとした足取りで広くはない庭を歩いていると、否が応にも水蜜薔薇のことを考えてしまう。

サスランは深く息を吸った。水蜜薔薇がなくても、アウスラーフは彼女の心を射止めた。

アウスラーフとアディラ嬢は、きっと近日中に婚約するだろう。いよいよ皇宮を去る時が近づいている。

月明かりの下、八重菫を見つけて近寄り、そっと撫でた。薔薇と比べ頼りない花弁の感触が、指先をくすぐる。その柔らかな花びらを無心で弄んでいるうちに、サスランは自分がひどく傷ついていることに気づいた。

胸の奥が、しくしくと痛みを訴えている。そういうとき、自分は草花と戯れずにはいられなくなるのだ。幼い頃からいつも、悲しいときには庭に出た。物言わぬ命の息吹を感じると、そのうち痛みを忘れることができたから。

何故、今自分は傷ついているんだろう。水蜜薔薇を咲かせられなかったせいか。皇宮を去るのが不安なせいか。——それとも、アディラ嬢をエスコートするアウスラーフの姿を見たせいか。

まるで一幅《いっぷく》の絵のようにお似合いだった二人。アディラ嬢はアウスラーフに全てを与えることができる。アス皇国の政治に堂々と参加できる立場、彼の命を守る後ろ盾、そしてこの国に来て以来ずっと孤独だった彼に、家族を。

だからこそ自分は彼女をアウスラーフの相手に選んだというのに、今日はその事実が何故か胸に突き刺さる。かつても今も、アウスラーフに感じているのは、草花に抱くのと同じ――親しみだけだ。けれど、庭に咲く花に、自分だけが水をやりたいとは思わない。この痛みは何なのだろう。

やはり水蜜薔薇を咲かせられなかったこと、そしてそれにもかかわらずアウスラーフが彼女とうまくいったことが、思った以上にショックなのかもしれない。

逆行前の記憶があるから彼を助けられると、思い上がっていた。非力だった自分も、少しは彼の役に立てるようになったと思っていたのに、結局は自分なんて必要なかった。それを思い知らされて、傷ついている。なんて醜《みにく》いんだろう。本当は、成功を何より喜ぶべきなのに。

――潮時だ。

さわさわと吹き抜けていく夜風に、サスランはその決意を後押しされ、柔い花弁から手を離した。指先からふわりと爽やかな甘い香りが立ち上る。

その時背後から足音がして、サスランはびくりと肩を震わせた。

「まだ休んでいなかったのか」

今は聞きたくない声がして、けれど無視することはできず振り返る。迂闊《うかつ》なことを口走らないようにしなければ、と咄嗟に考えた。

「すみません。少し、花と過ごしたくなって。殿下はなぜもうお戻りに？」

「顔見せができればよかったからな。アディラ嬢も同じ考えだった。一曲踊れば十分だ」

そうか、舞踏会だから当然、二人は踊ったのだ。第一皇子と大公令嬢の美男美女カップルは、会場中の視線を集めただろう。

「アディラ嬢とはいかがでしたか？　とてもうまくいっているように見えましたが」

「女王がもっと邪魔をしてくるかと思ったが、大人しいものだった。それが意外だったな。アディラ嬢は聡明で好ましい女性だが、気を付けておく必要があるかもしれない」

「気を付ける？」

「彼女には彼女の望みがあるかもしれない、ということだ」

アウスラーフは妙な間を持たせて、サスランを見た。サスランは失礼と分かっていながら、視線をそらしてしまった。今はどうしても、彼を見ることが辛い。

アウスラーフはサスランの態度を咎めはしなかった。

「余には余の望みがある。本当は、そなたの望みも知りたい。けれどそなたはきっと、教えてはくれないのだろう」

「……殿下に生きていただくことが望みです」

「それは花の精の望みだろう。そなた自身に、望みはないのか？　欲しいものは？」

花の精など存在しない、これこそが自分の望みなのだと言うわけにはいかない。

サスランは返答に窮して、視線を彷徨わせた。適当な答えを探すが、欲しいものなど見つからない。そもそも何を感じているのか、自分でもよく分からないことの方が多い。こんな自分は、変なのだろうか。

そこでふと、アウスラーフの向こうにある月が目に入った。

——美しいな。そなたと見る月が、一番美しい。

また、いつかの彼の言葉を思い出す。あの時、自分も月が美しいと思った。夜明けは必ず来ると知っていながら、朝が来なければいいと願った。あの夜、彼と初めて口づけをした。

なぜ今あの瞬間のことを思い出すのだろう。黙りこくって考えていると、アウスラーフがふっと苦笑いを漏らした。

「では、幼い頃の望みは何だった？　子供の頃なら、いろいろ欲しいものがあっただろう」

その質問に、サスランは瞬いた。

幼い頃に、望みなんてあっただろうか。まだ、母が生きていた頃。

「誰にも見つからないことを願っていました。そうすれば、母様は安心していられますから」

思いついたままそう答えると、その頃の気持ちがにわかに蘇った。

「いつも、どこにもいてはいけないように感じていました。隠れて夜の庭に出て、草や花になったつもりで、じっとしていると安心しました」

　母が死んで一人になってからは、さらに庭で過ごす時間が増えた。冬でも夜に庭に出て、身体が冷え切ってもなかなか部屋に戻れなかった。

　その時の寒さを思い出して、指先を擦り合わせる。思えば、アウスラーフと出会ってからはだんだんと庭で過ごす時間が減っていった。彼は確かに自分を変えたのだと、今更気づく。

「サスラン……」

「殿下、私の望みは殿下をお守りすることです。花の精に命じられたからではなく、それが私自身の望みです」

　視線を戻すと、アウスラーフはまだじっとこちらを見ていた。けれど目が合うと、今度は彼が目を逸らしてしまう。

「そなたが余を守りたいというのは、余が皇子だからか？　そなたは余を……皇子としてしか見ていないのか」

「……え？」

「余はそなたが思うような人間ではない。この国の未来にも民にも、興味はない。本当に欲しいもの以外はどうでもいい。そういう人間だと自分が一番よく分かっている」

自嘲気味に言うアウスラーフは、逆行前の彼とはまるで違って見える。

「幻滅したか?」

そう聞かれるのは二度目だということに気づいた。どうして急にそんな話を始めたのだろう。もしかしたらこれは、恋人だった自分には見せられなかった一面なのだろうか。

逆行前の彼は、もの静かで思慮深い理想の皇子を演じ続けていたのかもしれない。彼が弱音を吐くことはなかった。自分も、彼の苦しみを知ろうとはしなかった。

「幻滅などしません。殿下は……」

彼の本音がどうあろうと、四方八方から押し寄せる悪意に流されず、自分以外の誰も傷つけなかった彼の強さと高潔さを知っている。けれどここで「ご立派です」と伝えることは単なる気持ちの押し付けに思えて、サスランは口ごもった。

「余は万の民より、自分の思うただ一人を選ぶ」

アウスラーフの言葉に、サスランは目を瞬いた。

「そういう……お相手が?」

反射的にそう尋ねてから、随分と不用意な言葉を口にしてしまったことに気づく。アウスラーフはアディラ嬢と婚約する。だからその相手は当然アディラ嬢であるべきだし、もしアディラ嬢でないのならその名は禁忌《きんき》だ。軽々しく詮索すべきではない。

一人青ざめていると、アウスラーフが低く呟いた。

「そなたは余が知る誰よりも聡明だが、いささか純粋に過ぎる。愚鈍《ぐどん》ともいえるほどに」

「も、申し訳」

「そなた自身が花の精だと言われても少しも驚かない。花のように手折って、閉じ込めておきたくなる」

「え？」

アウスラーフが何を言いたいのか、サスランには分からなかった。

戸惑うサスランの前でアウスラーフは、ついさっきまでサスランがしていたように、八重菫の淡い紫色の花びらをそっと撫でる。その表情は何かを言いたげだったけれど、薄い唇は引き結ばれていた。

じっと見つめていると、アウスラーフがふいに腰を屈め、鼻先を花の一輪に近づける。そのまま目を伏せ、ゆっくりと唇で花弁に触れた。

なぜか自分が口づけられたかのような錯覚を起こして肩がびくりと震える。

「おやすみ、サスラン。良い夢を」

「……おやすみなさい、殿下」

挨拶を返した声は、掠れていた。


春の日差しは柔らかく、一斉に芽吹いた森の草木を優しく照らしている。従者としてバンダーク家の別荘を訪れたサスランは、別荘の周りに広がる本物の森の迫力に気もそぞろだった。今日はこのあと、別荘にほど近い湖でピクニックを楽しむ予定になっている。

自ら玄関でアウスラーフを出迎えたアディラ嬢は、そこからずっとアウスラーフの隣を離れない。緩く巻いた金髪を下ろした彼女は、舞踏会の時より可愛らしく見えた。

出発の準備を待つ間、庭に面したテラスに通された。アウスラーフが一通り令嬢を誉めると、今度はお返しとばかりに令嬢がアウスラーフを称賛する。

「ユースタスの件、父から聞きましたわ。氾濫を見事に予測なさったとか」

「夏の終わりの大雨は毎年のことですから、特別なことをしたわけではありません」

「ご謙遜《けんそん》を。堤防の修繕が必要な個所への投資や住民の避難経路の確保など、文句のつけようがなかったと聞いています。特にカナデでの被害が大きいことを予見されて、事前に治安部隊を投入されたのでしょう。まるで未来が見えているかのよう……。カナデは大公領で二番目に大きい街ですの。被害拡大を食い止めて下さってありがとうございます」

脇に控えて二人の会話を聞きながら、世辞に混ざった未来という言葉に、サスランはどきりとした。アディラ嬢は何か意図を持って言ったわけではないだろうが、もし今自分の力のことが、誰かに知られたらどうなるのかと考えてしまう。

舞踏会からすでに半年が過ぎ、アウスラーフは十八歳になった。成人すると同時にアディラ嬢と婚約を果たした彼は、彼女に会いに行くときはいつも花を持参する。その花を、彼女はとても気に入ってくれているらしい。逢瀬にはそなたの花が必要だと力説され、サスランは皇宮を去る日を一日、一日と先延ばししていた。

「素晴らしい別荘ですね。あそこに見える別館は皇国最初期のものですか？」

アウスラーフのにこやかな姿は明らかによそゆきのもので、しかしなんとも板についている。今は儀礼上そうしているだけであっても、いずれは本物の笑顔を彼女に向けられるようになると良い。そんなことを考えながら、二人を見守る。

「まあ、よくお分かりですね。最初はあちらの棟がこの別荘の本館だったのです。五代前の当主が初代皇帝から賜《たまわ》った我が家の自慢ですわ。あとでご案内しましょうか。実は古代アメジアの意匠《いしょう》が随所《ずいしょ》に見られて、面白い建物です」

アディラ嬢が淀みなく説明し、アウスラーフが「ぜひ」と答える。そのまま少し腰をかがめ、アディラ嬢の耳元で何か囁いた。アディラ嬢は瞬きをし、アウスラーフを見上げる。

見つめていては不躾《ぶしつけ》だと思うのに、サスランは二人から目が逸らせなかった。

アウスラーフが微笑んだままアディラ嬢を見つめ、風が乱した彼女の髪を、そっと耳にかけてやる。アディラ嬢の白い頬に朱がさした。

まさに望んだはずのその光景から、サスランは視線をずらした。すると、バスケットを手にしたハズルがバンダーク家の使用人に案内されてやってくるのが目に入った。アウスラーフたちの会話の邪魔にならないよう、ハズルに歩み寄る。

「ハズル殿、どうしたんですか。馬車で待機のはずでは」

「皇宮から持参したバスケットを一つ、バンダーク家の下男に渡し忘れた。ピクニックの場所まで届けに行くから、俺は馬車を離れると殿下に伝えておいてくれるか」

そのバスケットなら、中身は食後の茶菓子だから、アウスラーフと共に移動する自分が持参すれば良い。そう言おうとしたサスランの耳に、背後からアディラ嬢の笑い声が響いた。

途端にさっきの光景が、頭の中にちらつく。

「それ、私が行きます。ハズル殿は私の代わりに、殿下のおそばに」

サスランはハズルの手からバスケットを奪うと、その場を後にした。

別荘から森へと入り、湖へ向かう道をサスランは早足で歩いた。

昨晩まで降り続いた雨の残る木々が、陽の光を受けてきらきらと輝いている。濡れた緑と土の濃い匂いを吸い込み続けているうち、少しずつ気持ちが落ち着いてきた。さっき、どうしてあれほど居ても立っても居られない気持ちになったのか分からない。

気持ちを切り替えようと、景色に視線を移す。皇宮と違い、あまり手の入っていない自然の森には、見たことない草木がたくさんあって興味が尽きなかった。

私は森で生まれたのよ、と昔母が語っていたことを思い出す。母の育ったという森は、こんな場所だろうか。久しぶりに母の面影《おもかげ》が頭に浮かび、ぼんやりとする。母の話を聞くたび、いつかその森を見てみたいと思っていた。皇宮を出たら、その森を探してみてもいいかもしれない。それは、そう遠くない未来だろう。

そんなことを考えながら歩いていると、ふと甘い香りを感じてサスランは立ち止まった。香りの漂ってくる方向を探すと、木々の奥に薄紅色の小さな花が鞠のようにかたまりになっているのが見える。一目でその花を気に入ったサスランは、「少しだけ」と呟きながら、道を外れ森へと入った。

鬱蒼《うっそう》と茂る草木をかき分けてその花に近づくと、甘い香りがより一層濃く漂う。持って帰って離れの庭で育てられないだろうか、と低木の前にしゃがみ込むと、ふいに人の声がした。

「皇子一行は確かに来てるんだな」

低く落ち着いた声だが、どこか不穏《ふおん》な気配を感じる。

咄嗟に聞き耳を立てると、話し声と足音がどんどんと近づいてきて、鮮明になった。

「今、バンダーク家の使用人達が湖を見下ろせる丘でピクニックの準備をしてる。到着は間もなくだろう。昼食後、買収した下男に皇子を湖まで誘導させる。手はずはいいな。くれぐれも、バンダーク家の方々を傷つけないように」

聞き取れた会話に、息を呑む。恐る恐る花の隙間から様子を窺うと、三人の男が見えた。狩猟に出かけるような暗い色の服を着て、それぞれが弓と剣を携えている。話しながら歩いてくる男たちとの距離が縮まり、サスランは見つからないよう必死に身を屈めた。

「ゴロツキ共の手配は？　フラートンの名を出してないだろうな」

「あいつらは、自分たちが誰を殺ったか知る前にあの世行きになる。私たち三人はこのことを墓の中まで持って行く。いいな？」

「バンダーク家……ひいては全ての皇国貴族の名誉を守るためだ。今我らがやるしかない」

なんということだ。一刻も早く、アウスラーフに伝えないと。しゃがんだままそっと後退ると、枯れ枝を踏んでしまいぱきりと乾いた音が立った。

「おい、誰かいるのか！」

「このお仕着せ……皇子のところの従者じゃないか？　おい、話を聞かれたかもしれない！　逃がすな！」

しまった、と思った時にはもう、茂みを覗き込む男と目が合っていた。怒鳴った男が剣に手をかけるのを見て、サスランは弾かれたように駆け出した。

捕まれば殺される。とにかく別荘へ戻らなければ。彼らはアウスラーフを殺そうとしている。何故？　皇国貴族の名誉を守るとは、一体。

――もしかして、アウスラーフがアディラ嬢と婚約したせいで？

その仮説が思い浮かんだとき、ひゅっ、と音を立てて何かが頭の横を掠《かす》めた。弓を放たれたのだ、と気づいて、恐怖に足がもつれる。弓は二本、三本と続けて飛んでくる。出来るだけ当たりにくいよう、木の間を縫って走ると、瞬く間に息が上がった。別荘へ向かっているつもりだったけれど、元来た道が見つからない。

それでも足を止めるわけにはいかず走り続けていると、急に前方の視界が開ける。あれは湖だ、と思ったその時、サスランの耳に聞き覚えのある声が届いた。

「――ラン！　サスラン！」

われる。

どうしてアウスラーフが、と考える前に、長い腕で抱き寄せられ、大きな手で口元を覆われる。

「殿下？」

「息を止めていろ」

「――っ！」

アウスラーフはサスランを抱きかかえ、一直線に湖へ飛び込んだ。

水面にぶつかる衝撃に思わず目を閉じ、アウスラーフの身体にしがみつく。すると安心させようとでもするように、ぎゅっと抱きしめ返された。アウスラーフの身体に包まれながら、水の中を沈んでゆく。音が消え、おそるおそる目を開けると、ぼんやりと光る水面を見上げるアウスラーフの顔が目の前にあった。

やがて目が慣れてくると、数本の棒きれが水面近くに漂っているのが見えた。見ているうちに、その棒切れは一本、また一本と増えていく。その棒切れが矢で、まだ撃たれているのだと気づいた瞬間、恐怖がぶり返した。

「でん」

思わず声を上げてしまい、開いた唇から空気が漏れる。慌てて口を閉じると、アウスラーフの掌がそっと背中を撫でる。そうしながらアウスラーフは、じっと水面を睨んでい

た。

アディラ嬢とともに行動していたはずのアウスラーフが、どうして急に現れたのだろう。聞きたくても、水の中で会話ができるはずもない。アウスラーフを見つめていると、彼は足で水を掻き、岸から離れようとする。泳いだことのないサスランは、どうすることもできずにアウスラーフに掴まっていた。

湖が果てしなく広く感じ、どこへも辿り着けないのではないかという不安に襲われる。だんだんと息が苦しくなってきて、いつまで呼吸が続くのかも分からない。

けれど不思議と、恐怖は消えていた。二人でなら、このままどうなってもいい。地上に戻り、アディラ嬢に優しく微笑みかけるアウスラーフを見ているくらいなら。そんな考えが頭を過り、そのあまりの身勝手さに自分で自分が怖くなる。

アウスラーフが強く水を蹴り、身体が浮上する。一気に視界が明るくなり、サスランは水面に顔を出した。

「っは」

「大丈夫だ。ゆっくり呼吸をして。あいつらはグレナ達が片付けたようだ」

サスランを抱きかかえたまま、アウスラーフがゆっくりと泳ぎ出す。

「一体、どうして……」

「その話はあとだ。今更だがサスラン、そなた泳いだことは？」

「……ない、です」

「そうか。では余に掴まっているしかないな」

「申し訳ありません」

　同行したことで、ただただアウスラーフに負担をかけている気がする。申し訳なくなって縮こまるが、アウスラーフは殺されかけた直後とは思えないほど冷静で、どちらかといえば機嫌が良く見えた。

　一体、彼は今何を考えているのだろう。考えても分からず、サスランはアウスラーフの言葉通り、ただ彼にしがみついていた。


　ずぶぬれで大公家の別荘に戻ると、応接室に通された。火の入った暖炉で暖まり、乾いた衣類に着替えてどうにかひと息つく。同じように着替えたアウスラーフに何があったかを説明すると、彼は大公と話をすると言い、グレナを伴って部屋を出て行った。

　一人きりになり、暖炉の炎を眺めていると、今日起きたことの恐ろしさが改めて実感される。殺されるところだった。

パチパチと爆ぜる薪を見つめながらどうにか恐怖を和《やわ》らげようとしていると、扉が数度ノックされる。びくりとしつつも返事をすると、扉を開けた使用人の脇から、アディラ嬢が現れた。令嬢はサスランに目を留めるなり、美貌ににこりと笑みを浮かべる。

サスランは慌てて立ち上がり、腰を折った。

「アウスラーフ殿下は今、大公のところへ行っておられます。レディ・バンダーク」

「ええ、知ってるわ、サスラン。……あなたの髪、とても美しい白銀なのね」

アディラ嬢にじっと見つめられ、サスランははっとして思わず両手で髪を覆った。しかし今更隠すことができるはずもない。湖に落ちた時、灰が落ちてしまったのだ。今は本来の髪色が露になっているのだろう。

「大公領の森に、昔からの言い伝えがあるの。小さい頃ばあやから聞いたわ。その髪は神々しく白く輝き、瞳は真実を映す紫。彼らは時の番人と呼ばれ、森の奥深くに住んでいる。彼らはかつて、時の王の窮地を救い、褒美に黄金の水時計を賜った……」

彼女の口から出た「時の番人」という言葉に、心臓が止まりそうになるほど驚く。森の奥深くに住む、という話も、母の言葉を思い出させる。これは偶然なのだろうか。アディラ嬢は口元に手を添え、優雅に笑った。

「ああ、くだらない話をしてごめんなさいね。今のあなたの姿が、小さい頃思い描いていた時の番人そのものだったから」

アディラ嬢は何かを思案するように首を傾げる。興味を持たれている。そのことに妙な胸騒ぎを感じた。

「あの、失礼でなければお聞きしてもよろしいでしょうか。その伝説は、本当の話なのでしょうか。……その森は、本当に存在するのですか」

「大公領の北端にある大きな森のことだとばあやは言っていたけれど。まあ、子供を寝かしつけるためのお伽話《とぎばなし》よ。興味がおあり？　詳しくお聞きになりたいかしら」

どうしよう。本当は掘り下げるべきではないのかもしれない。けれど、知りたい気持ちもある。迷っていると、アディラ嬢が話し始めてしまった。

その昔、一人の知恵ある王がこの地を治めていた。王には二人の息子がおり、長男は聡明で民を愛し国のためによく尽くした。次男も同様に賢く武にも秀でていたが欲深く、父王がこの世を去った時兄を殺して王となった。より多くを欲する王は戦に明け暮れ、やがて豊かだった国は荒れ果てた。

続く戦で南の森が焼かれたとき、その森から時の番人と名乗る女が現れ時を戻した。時の番人は長男のもとへ参じ、不思議な水に過ぎ去った時の流れを映して見せた。長男は次男の刃から逃れ、王となった。長男は時の番人に深く感謝し、宮を与《あた》えようとしたが女は森へ帰ることを望んだ。長男は金で作った水時計を彼女に与えた。王となった長男はより良い政治を行い、国は一層栄えた。

「もうばあやも亡くなってしまったし、正確な記憶ではないけれど、これが時の番人のお話なの。あなたも聞いたことがあって？」

サスランは首を横に振った。その女の末裔が、母なのだろうか。

「子供の頃は、時を戻せる力というのが羨《うらや》ましくて、この話をよく乳母《うば》にねだったの。良き王子が命を救われて国を栄えさせるというのも素敵じゃなくて？」

「そう、ですね」

これ以上この話を続けたくはなかった。何とか返事を絞り出すと、部屋にしばしの沈黙が下りる。初対面の、それも貴族の令嬢と対面している状況が落ち着かなくてサスランは視線を彷徨わせた。

「今日は災難でしたわ。アウスラーフ殿下が急に中座《ちゅうざ》なさって、どうしたのかと思ったら、従者が野盗に遭っていただなんて。あなた、とても殿下に大切にされているのね。殿下にお仕えして長いの？」

「いえ、私は新参者です。ただの庭師でした……」

アディラ嬢の薄い緑の瞳がサスランを観察し続ける。視線が身体につき刺さるようだった。

「あなたの髪の色、本当に綺麗ね。瞳は、殿下から最初に頂いた菫の色そのもの。ああ、あの菫は本当に美しかったわ。薔薇も桔梗も、あなたの育てる花はすべて素晴らしいと思うわ。ねえ、いつか本邸にいらして。うちの庭師に指導してやって下さらない？」

「え……？」

強引に話を進めるアディラ嬢に、違和感を覚える。しかしはるか上の身分の彼女の申し出を拒絶することもできない。困惑していると、突然部屋の扉が開かれ、アウスラーフが入ってくる。

「私の従者とお話し中でしたか。ぜひ、混ぜて頂きたいですね」

アウスラーフは何故かグレナではなく、その部下を連れていた。

アディラ嬢はたちまち整った顔に完璧な笑みを浮かべ、彼を振り返った。

「私が話しかけたのよ。彼を罰さないでやって」

「レディ・バンダーク、もちろんです。サスラン、今日はもう失礼することになったから、先に馬車に戻るように」

「はい、殿下」

サスランはほっと胸をなでおろし、そそくさと部屋を出た。

帰りの馬車は御者の隣に座り、アウスラーフと顔を合わせるのを避けた。けれど離れへ到着して玄関ホールへ入るなり、人払いをしたアウスラーフに抱きしめられる。

唐突な抱擁に動揺し、サスランは言葉を失った。

「無事でよかった。不穏な噂を耳にしていたから、グレナ達に警戒させていた。証拠を掴むため向こうの出方を見ていたが、まさかそなたが、奴らを見つけてしまうとは」

先に着いているはずのサスランがいないのを見て、嫌な予感がしたのだという。アディラ嬢の言葉ではないが、アウスラーフこそが、本物の予言者のようだ。

「そなたが追われているのを見つけた時には肝《きも》を冷やした」

腕を緩め、顔を覗き込まれる。

近すぎる距離に、サスランは答えに詰まった。

「申し訳ありません。ピクニックが中止になって」

「そなたのせいではない。そもそも狙われていたのは余だ。そなたが発見していなくても騒ぎは起きていた」

アウスラーフの手が髪をそっと撫でてくる。その優しい感触に、サスランは奥歯を噛み締めた。

どうしてあの時、衝動的にあの場所を離れたのか。アウスラーフが令嬢の髪を耳にかけたのを目にした瞬間、我慢できなくなったからだ。

逆行前、庭師だった頃、滅多に手入れをしない髪は伸び放題で、「そなたの顔が隠れてしまう」とよく文句を言われていた。会うたび、乱れた髪を丁寧に撫でつけ、耳にかけてくれるその行為が、彼の愛情だと知っていた。初めて口づけられたときも、髪を整えられている最中だった。

月桃花の存在と同じに、あの優しい時間の記憶は自分にしかない。そして、アウスラーフはこれから自分ではなくアディラ嬢とああいう時間を過ごすのだと思ったら、ひどく胸が苦しくなった。だからあの場を逃げ出した。

ずっと前から、アウスラーフから離れる覚悟はできているのに。

そっと、アウスラーフの胸を押し返す。表情を見られないように顔を伏せた。

「アディラ嬢から最近の貴族の動向について、いろいろと聞いた。アメジア派は最近、皇都でたびたび集会を開いたりして、かなり動きが活発化している。それは知っていたが、アメジア派の動きを受けて、親皇族派もどうにも不穏な動きをしているらしい。乱暴な連中を雇って、アメジア派の集会を妨害したりな。親皇族派の一部の貴族は、アメジアの血が流れている余とアディラ嬢の結婚に神経を尖らせているようだ」

アディラ嬢と二人きりになったあと、そんな話をしていたのか。

「ある程度予想はしていたが、アメジア派と親皇族派の対立が深まっているのは頭が痛い。戦争を起こしたくて仕方のない連中が、必ずやそこに付け込むだろう」

「戦争を起こしたい連中？　それは、アメジア派なのですか？　それとも親皇族派が？」

「……どちらの中にも、潜んでいる。自分の孫の地位を盤石《ばんじゃく》にしたいだけの皇太后より、ある意味では厄介な連中だ。彼らは私腹を肥やすため、民族間の対立を煽り、民に互いを憎ませ、血を流させようとする。戦争が奴らの商売なのだ」

淡々と語っているのに、彼の纏《まと》う雰囲気が暗くなってゆく。その理由は、続く言葉ですぐに分かった。

「余は格好の引き金だ。バンダーク家との婚約でアメジア派はある程度牽制できたが、思った以上に親皇族派の反発が強い。この国に来た時から分かっていたことだが、息をしているだけで、余は争いの火種になる」

「それは、殿下の責任ではありません」

反射的にそう反論する。けれど、彼の瞳は動かなかった。

「余の責任だ。争いが起きれば、結果として国が荒れ、民が苦しむ。……そうと分かっていながら、生き延びているのだから」

一言一言に、胸が抉《えぐ》られたように痛む。彼の絶望の深さを、理解できていなかった。水を差し入れても、皇太后から引き離しても、彼の置かれた境遇からは救うことができない。自分がひどく無力に感じる。

「……ああ、グレナ。報告してくれ」

沈黙していると、アウスラーフが声を上げる。振り返ると、グレナが足早に玄関を入ってくるところだった。グレナは一礼すると両手を背後で組み、報告を始めた。

「ゴロツキ共は取り押さえましたが、首謀者たちは取り逃がしました。ゴロツキ共は「貴族風の男だった」と証言するのみで、手掛かりはありません。様子のおかしいバンダーク家の使用人を締め上げます」

普段は軽口ばかり叩いているが、今のきりりとした佇まいは軍人そのものだ。そのグレナに向かって、アウスラーフは軽く首を振る。

「いや、放っておけ。バンダーク家との関係に波風を立てたくない。それに、首謀者を捕らえたところで、どうせ罰することはできぬ。サスランが無事ならそれで良い。サスラン。そなたは何か見聞きしたか？」

サスランはこくりと喉を鳴らした。

「フラートンという名を聞きました。三人の男がゴロツキを雇い、殿下を襲うのは全皇国貴族の名誉を守るためだと……」

「フラートン家か。まあ、そんなところだろうな。余とアディラ嬢の婚姻に表立って反対している家の一つだ」

サスランの回答に、アウスラーフはまるで動じた様子がない。サスランは奈落の底に落ちていくような気分だった。自分がアウスラーフをアディラ嬢と婚約させたから、アウスラーフは狙われた。アウスラーフを守るつもりが、結果としてまた彼を危険に晒《さら》してしまった。

これじゃ、まるで死神だ。自分がそばにいる限り、アウスラーフは死の運命から逃れられないのではないか。一度そう考えたが最後、そのことが頭を離れなくなる。

ハズルの右半身が結局は不自由になったように、変えられない定めもあるのかもしれない。

今改めて考えてみれば、ユースタス川の予言も彼が狙われるきっかけとなった。そしてそんな彼を守るための婚約が、アウスラーフをより難しい立場に追い込んでいる。

「グレナ、報告の続きは書斎で。サスランはもう、休むように」

アウスラーフが身を翻し、指示を出す。二人が廊下の奥に消えても、サスランは動けなかった。

「アディラ嬢が、私を……？」

その昼、見知らぬ顔の衛兵が離れの庭に現れ、サスランは仕事の手を止めた。

衛兵はぶっきらぼうに、アディラ嬢が迎えの馬車を寄越しサスランという従者を連れてこいと言っていると告げた。

今日、アウスラーフは朝からグレナを伴い、バンダーク家を訪れている。そこで何かあったのだろうか。

「早く支度を。バンダーク家の馬車を待たせるな」

口ぶりからして、第二宮の衛兵なのだろう。仕方なく手を清め、手早く着替えて残っていた下男の一人に伝言を残し、衛兵についていく。第二宮の正面には確かにバンダーク家の家紋の入った馬車があり、追い立てられるようにして、サスランはそれに乗り込んだ。

するとそこに見知った顔があって、心臓が止まりそうになる。

「サキ殿……」

逆行前は、アウスラーフの護衛主任だった男だ。もともとが近衛師団所属の剣士だから、そのままそこにいるのだろうと思っていたが、今彼が着ているのは近衛師団の制服ではない。何の紋章も階級章もない暗い褐色の軍装は、ひどく不気味に見えた。

思わず名前を呼んでしまったサスランに、サキは細く鋭い目を吊り上げた。

「どうして俺の名を知っている。それも、お前が持っているとかいう不思議な力のせいか。確かにこれは油断ならん」

「え……?」

言うなりサキがサスランの口元に布のようなものを押し付けた。びっしょりと濡れたそれに口も鼻も塞がれ、息ができなくなる。その手を引きはがそうとしてもびくともしない。

殺されるのか。どうして今、自分が。サキは何故、バンダーク家の馬車に。

次々と疑問だけが湧き出る。

走り出した馬車の振動を微かに感じながら、サスランの意識は途切れた。


――私たちは普通の人間ではないの。誰にも、その秘密を知られては駄目よ。正体を知られれば、きっと死ぬよりつらい目に遭うの。

また、母の声を聞いた気がする。ひどく懐かしい空気が身体を包んでいる。

懐かしい？　と不思議に感じたところで、ばしゃり、と水が顔を打つ衝撃にサスランは目を覚ました。

「けほっ」

咳き込んでも、二度、三度と続けて頭から水をかけられる。サスランは、自分が後ろ手に縛られ、草の上に座らされていることに気づいた。

「こんなもんか。目も覚ましたし、ちょうどいいな。おい、陛下をお連れしろ」

命じる声はサキのものだ。

殺されたわけではなかったらしい。眠らされていたのだ。それがどのくらいの時間で、ここがどこなのかは分からない。辺りは真っ暗で、明かりはサキやその他の軍人風の男が持つランタンと、わずかな月明かりだけ。鬱蒼とした木々に囲まれた場所だ。皇宮の森よりずっと、闇が深いと感じる。奥には月光を反射する水面が見えた。

寒さにぶるりと身体が震える。水をかけられたせいだけではない。夏の盛りとは思えない冷気が身体を包んでいる。

ここはどこだろう。さっき感じた懐かしさは、一体何だったんだろう。

必死に考えを巡らせていると、森の奥からぞろぞろと明かりの列が近づいてくるのが見えた。その列の中央、銀の細工の輿《こし》に乗った人物を見て、サスランは目を瞠った。

驚くサスランの目の前で、輿が地面に下ろされる。

「ああ、待ちかねたわ。お前、その瞳をよく見せてご覧」

頭上から、ゆったりとした声が降り注ぐ。すかさずサキが近寄ってきてサスランの顎を掴み、上へと向けさせた。

面長な顔にひどく細く描いた眉、吊り上がった目じり。一度見たら忘れられない、皇太后がそこにはいた。豊かな金髪で結った髷《まげ》は扇のように広がり、まるでここが舞踏会の会場であるかのような華やかさだった。

皇太后は跪かされたサスランの顔を一瞥し、深い紅色の唇の端を引き上げた。

「なるほど。北の森に住む一族で、その髪はすべてを達観した老人のごとく、瞳は高貴な蒼に一滴の血を垂らしたよう。どちらも珍しい色だな。ええと、サスランと言ったか」

髪と瞳の色を持ち出されて、ただひたすらに悪い予感がした。力のことを誰に知られてもいけないと言い続けた母の面影が頭を過る。

「アディラ嬢が、お前は時の番人なのではないかと教えてくれた。時を戻した彼らには、未来のことが手に取るように分かるそうだ。まるで神のような力じゃないか。ねえ、サスラン？　その力があれば、川の氾濫を食い止めることも、偽予言者を意のままに操ることも、簡単だったただろうねぇ」

皇太后の言葉に、サスランは凍り付いた。全てが見抜かれている。

焦るサスランを、皇太后の傍らに控えた女官が怒鳴りつけた。

「お前ッ、いつまで黙っているつもりッ」

「よい、よい。サスラン。我はお前の価値を知っているつもりだ。お前が我に忠誠を誓うなら、悪いようにはしない。我の言っていることが分かるな？」

サスランは必死に首を振った。この女王に、自分の能力を認めてはならない。

「へ、陛下は何か誤解をなさっておいでです。私は一介の使用人。庭仕事以外、何も学んではおりません」

「嘘をつくでない。あの黒い忌み子の動きが、どうもおかしいと思っていた。アディラ嬢に探らせて良かった。すべてお前のやったことなのだろう。我に隠し事はできないぞ」

忌々し気に吐き捨てる皇太后の横から、女官が口を挟む。

「陛下、恐れながら、その話が本当なら、今時を戻されれば一貫の終わりなのでは」

「儀式には珍しい花が必要だという。この泉の周りを調べさせたが、花は咲いていない。念のため、怪しい動きをしたらすぐに眠らせる準備はしてある。そうだね、サキ」

「はっ」

サキの素早い返答に、皇太后は満足げに微笑んだ。鷹揚《おうよう》に扇子で顔を仰ぐと、その扇子をぴしゃりと閉じる。

「お前の力が本物か、試してみよう。アディラ嬢の話を聞いて、皇宮に保管されている禁書を調べさせた。太古《たいこ》の昔、時の番人はこの泉に未来の記憶を映して自分が仕える者に見せたのですって。ほら、サスラン、我にお前の記憶を見せて御覧」

皇太后は、時の番人について、アディラ嬢よりも詳しいようだ。もともと予言や呪いなどに傾倒していた皇太后だから、そういった話には目がないのだろう。

「本には、『時の番人は泉に己の血を捧げ、記憶を見せた』とある。サスラン、お前はやり方を知っているのだろう？」

「いいえ、まさか。私は時の番人とやらではありません」

「知らぬふりをするのなら、まずはお前の血を泉に垂らしてみることにしよう。サキ、命を奪ってはならぬぞ。このサスランが本物の時の番人なら、我にはこの先やりたいことが山ほどあるからな」

「御意」

サキが答え、後ろ手に縛ったサスランの腕を掴んで立たせる。

このまま、本当に記憶を見られたらどうしよう。皇太后はきっとアウスラーフを追い詰めるだろう。サキが小刀を手にし、鼻先に突き付けてくる。恐怖に息を呑んだ時、俄かに背後が騒がしくなった。

振り返ると、何かがすさまじい速度でこちらに近づいてくるのが見える。

「何奴!!」

誰かが叫ぶ。サキは小刀をおさめ、腰の剣に手をかけた。黒づくめの装束に覆面をした何者かが、兵たちのランタンで不気味に浮かび上がる。その黒装束は全く速度を落とさず、馬を駆ってこちらに突進してきた。

サキが素早く剣を抜いた次の瞬間、サスランは馬から身を乗り出した黒装束の腕に攫《さら》われていた。

「っ」

サキの剣が月の光をギラリと反射し、振り下ろされる。その剣先は、黒装束の男を捉えたかに見えた。けれど、落馬させることはできなかった。サスランは馬に乗り上げさせられる。

馬上の男が強く手綱《たづな》を引き、馬の前足が高く上がる。サスランは振り落とされまいと、必死に腿に力を込めた。方向を転換した馬が、再び駆け出す。

「何をしている！　捕らえよ！」

皇太后が怒鳴る。

「重心を低くしていろ」

馬上の振動に耐えていると、黒装束の男が囁く。その声に、サスランは息を呑んだ。

「殿下?!」

「喋るな。舌を噛む」

安堵に全身から力が抜けそうになり、慌てて腹に力を込める。馬上で座りなおして一息つくと、鼻を突く鉄臭さに気づいた。

ぞく、と背筋を寒気が走る。

「殿下……」

思わず声が漏れるが、馬が速度を上げ、慌てて口を噤む。

アウスラーフが、サキに斬られた。心配でたまらず、必死ににおいを意識の外に追いやろうとしていると、アウスラーフがふいに馬を止め、ぽつりと呟く。

「……まずい、迷ったな」

アウスラーフは辺りを確認した。背後から、風に乗って人の声が聞こえてくる。

「これだ！　この蹄の跡だ！　追え！」

「お前らは右から周り込め！」

手負いのアウスラーフと、どこへ逃げればいいのだろう。馬を駆ることすらできない自分が歯がゆい。

進む方向を変えようとアウスラーフが手綱を引いた時、ガサガサと草が鳴り、暗闇から大きな影が現れた。

サスランは驚きのあまり声を上げかけ、すんでのところで飲み込む。アウスラーフが低く唸った。

「何者」

向こうも驚いたのか、ランタンを突き出してくる。驢馬《ろば》に乗った老人だった。伸びた髪と顔面を覆う髭《ひげ》がまるで世捨て人のような印象を与える老人は、アウスラーフの声など全く耳に入らないかのように、サスランを凝視していた。

「泉の方が騒がしかったからまさかと思ったが……おぬし、マイオソティスの生き残りじゃな。追われているのか」

サスランに向かって問いかける声が震えている。アウスラーフがサスランの代わりに聞き返した。

「マイオソティスとは何だ、そなた、何者だ?」

そこではじめて、老人はアウスラーフを見た。アウスラーフと、その胸に縋るサスランを交互に見て少し考える素振りを見せた老人は、首を振った。

「説明している暇はあるまい。死にたくなければまっすぐ西へ走れ。追手はわしが引き受けてやろう。半刻ほど走ると、古い家がある。そこに入ったら、夜のうちは外へ出ないことだ」

どうやら彼は手助けを申し出ているようだが、その理由が分からない。アウスラーフも、困惑しているようだった。

「考えている猶予《ゆうよ》はないぞ」

畳みかける老人の眼力は鋭かった。背後に追手の松明《たいまつ》の明かりが揺らめき出す。

短い逡巡の末アウスラーフが馬首を西へ向けると、老人がランタンの覆いを外し、驢馬とは思えない速さで駆け出す。

アウスラーフも馬を駆った。危険な賭けに出ていることは、サスランも感じていた。やがて追手の声が聞こえなくなっても、お互いに口を開かなかった。

唐突にアウスラーフが馬を止め、「ここか」と呟く。彼はずいぶんと夜目《よめ》が利くらしい。暗闇に目を凝らすと、背の低い木々に隠れるようにして建つ石造りの家がうっすらと見えた。

アウスラーフはサスランの手首の縄を切って馬から降ろした。

「ここまできたら、あの老人の言葉を信じるしかない。入ろう」

言いながら、茂みに馬をつなぐ。そして、サスランに先立って古い家の軋む扉を開けた。

家はしんと静まり返っていた。暗闇の中、燭台を見つけ、蠟燭に火を灯す。サスランは部屋の中を見回した。水がめには蜘蛛《くも》の巣が張っていて、誰かが暮らしているような気配はない。しかしテーブルや椅子は古ぼけてはいるものの、埃《ほこり》を被ってはいなかった。

「作りからして、相当古い家だな。う……っ」

同じように部屋を観察していたアウスラーフが言葉を途切れさせ、床に座り込む。サスランは驚いて駆け寄った。

「殿下！」

ぐらりと傾く彼の身体を支え、サスランは彼の顔を覆う黒い布を剝いだ。すると、白い顔の半分が血に濡れている。濃い血の香りが漂った。

「大丈夫、少し血を失っただけだ」

「殿下、喋ってはなりません。て、手当てを」

側頭部を切りつけられたようだった。サスランは咄嗟に上着を脱ぎ、シャツの袖を裂いた。ひとまず、傷口を強く押さえる。白い生地《きじ》がじわじわと赤く染まった。

「殿下、血が、血が……」

目の前のアウスラーフと、かつてこの腕の中で冷たくなった彼の姿が重なって、目の裏がちかちかと点滅する。

もう一度あんなふうに彼を失うのは、耐えられない。

全身から血の気が引き、瞳から涙が溢れだした。

「そんなに泣くな。ほら、余は生きている。出血は多いが大したことはない。じきに血も止まる」

そう言って、アウスラーフはサスランの手を掴み、頬に触れさせた。

血と土埃で汚れた白い顔は確かに熱を持ち、彼が呼吸するたび微かに動く。あの時のように、冷たくなってはいなかった。

生きている。

「あ……」

その肌の温もりに、サスランは夢中で手を伸ばした。アウスラーフの形の良い耳から、すっきりとした顎までを掌で辿る。ただ、彼が生きていることを確かめたかった。引き締まった顎からすらりと長い首、筋肉の付いた肩、すんなりと伸びた腕。

彼に触れるたび、心の奥底で何かが疼く。

喉元に触れた時、アウスラーフが微かに震えた。探るような目がこちらを見る。

「恐ろしいほど手が冷えている」

手が捕らえられ、一回り大きな彼の手に包み込まれる。そのまま、爪の先にゆっくりと口づけられた。柔らかな感触に、びくりと肌が騒《ざわ》めく。彼の呼吸が、指先をくすぐる。

一歩間違えれば、この身体は再び冷たくなっていたかもしれず、この唇は呼吸を止めていたかもしれない。けれど今、アウスラーフは生きている。

——ならどうして、これ以上我慢できるだろう。

「アウス……」

無意識にそう呼びかけた。ずっと自分に戒めてきたその呼び名を口にしたが最後、心が無防備になった。心の奥底に、閉じ込めていた思いが溢れ出す。

触れたい。誰よりも、そばにいたい。この気持ちは。

「サスラン」

指先に口づけていたアウスラーフが、じっとこちらを見上げる。

藍色の瞳が、狂おしいほどの熱を湛えて近づいてきた。

触れる唇を、サスランは拒めなかった。アウスラーフが生きているということ以外、考えられない。

ゆっくりと口づけられ、唇が熱を持つ。その熱は、サスランの冷え切った全身に広がっていった。

「ラン、そなたが皇太后の私兵に連れていかれたと知って、正気ではいられなかった」

唇を離すと、アウスラーフが何かを確かめようとするように瞳を覗き込んでくる。サスランはただぼうっと、彼を見つめ返した。今はただ彼を感じたい。もっと近くで。

再び唇が下りてきて、サスランはやはりそれを受け入れる。促すように唇を舐められて、薄く口を開いた。

「ん……ん……」

「いいんだな、ラン」

喜びを滲ませた声で名を呼んだアウスラーフが、舌を差し入れてくる。舌で舌を探られ、絡ませ合ううちに、濃く漂う血のにおいも気にならなくなった。

アウスラーフの口内へと誘い出された舌先をじゅっと吸い上げられ、ぞくぞくとした甘い感覚に酔う。

「あ……」

絡まった舌が抜けていくと、声が漏れる。額に、頬に、唇に。鼻先に、口元に、首筋に。繰り返し口づけを落とされた。

くすぐったさに身体を竦めると、両腕が回って抱きしめられる。大きな手が肩から背中を撫でていく。触れる掌も唇も熱い。その熱にまた彼の存在を感じ、高揚する。サスランは自分も手を回し、彼の背中に触れた。肌と肌を隔てる布がもどかしく、彼の上着を引っ張ってしまう。

サスランに好きにさせながらも、アウスラーフの手は性急だった。日頃のゆったりとした物腰を微塵《みじん》も感じさせない動きでサスランの身体をまさぐり、弱いところを見つけ出していく。

唇を合わせたまま胸の先を指先で転がされると、身体の芯から甘い疼きが生まれた。声を上げて快感を逃がそうとしても、口づけに吸い込まれてしまう。彼の腕の中でびくびくと身体を戦慄《わなな》かせることしかできなかった。

「ラン、ラン」

口づけの合間に名前を呼ばれるたびに頭の芯に霞《かすみ》がかかる。彼に触れることもままならなくなったサスランが、その手から逃れようと身体を捩っても、アウスラーフは許さず愛撫を加えた。いつの間にか服をはだけられ、下着も寛げられている。

熱い手に性器を握られ、扱かれると、あまりに直接的な快感に、一瞬理性が戻った。

何をしている、と頭のどこかで警鐘《けいしょう》が鳴る。アウスラーフにはもう、婚約者だっているのに。

「だ、駄目」

思わずそう言うと、アウスラーフの指先が性器の先端にぐっとめり込んだ。小さな孔を遠慮なしに指の腹で擦られ、快感に腰が跳ねる。孔から、とろりと欲望の先走りが滲むのが分かった。

「駄目じゃない」

せり上がった急な熱に、目じりに涙が滲む。けれどアウスラーフは手を緩めなかった。首筋に落ちた唇に、肌をきつく吸い上げられる。逆行前、こんなふうに乱暴に愛撫されたことはなかった。ともすれば痛いほどなのに、欲望が高まってしまう。

「あっ、い、や」

閉じようとする太ももを掴んで広げられ、性器の先端の丸みを、絞るように擦られる。頭が快楽にとろけ、今にも爆ぜそうな性器と、伸し掛かる身体の熱以外、何も考えられなくなった。

「あ……っ」

あっという間に絶頂が訪れて、そのまま吐精してしまう。追い立てられるような射精は、これまでに感じたことのない快感だった。

「もう逃がさない」

「で、んか……？」

吐精の余韻《よいん》でぼうっとするサスランをよそに、何か呟いたアウスラーフの唇が下へ下へと移動する。

「あ！」

達したばかりの性器を咥えられ、サスランは叫んだ。

「だめっ、だめです」

とんでもない禁忌を犯している気がして、悲鳴を上げる。けれど脱力した身体では抗うこともできず、されるがままに口淫を受けてしまう。濡れた舌に絡みつかれ、さっきしおれた性器にたちまち芯が通った。

「やめ、おねがいです、だめ」

アウスラーフの唇が、貪りつくそうとするかのように容赦なく性器を吸い上げる。腰だけが別の生き物になったみたいに熱かった。強烈な快感が、何度も畳みかけてくる。

「いや、あ、あっ」

ほとんど間を置かずに二度目の絶頂が訪れた。

頭の中が真っ白になる。

「は……あ……」

切れ切れに息をしていると、アウスラーフが顔を上げる。

熱っぽくこちらを見るその顔を目にしたとき、空っぽになった頭に浮かんだことはひとつだけだった。

愛している。

さっきまでの恐怖も、流されては駄目だと訴える理性もどこかへ行ってしまった。

じっとこちらを見下ろすアウスラーフに、サスランは自分から口づけた。驚いたように一瞬動きの止まった彼の唇に、するりと舌を差し入れる。

「ん……ん……」

とろりとした苦みを、彼の口の中から舐めとろうと無心で舌を伸ばしていると、次第にアウスラーフの舌もその動きに応え始めた。一度唇が離れ、角度が変えられる。今度は逆にこちらの口の中を探られた。そこが弱いと既に知られている上顎を尖らせた舌で擦られると、また身体がぼうっと熱くなり始める。

「そなたから口づけてくれるとは」

密着していた身体が離れると、また彼の熱を確かめたくなって両手で彼の身体を探ってしまう。上着の中に手を差し入れると、引き締まった脇腹が、シャツ越しにも熱を持っているのが分かった。

「こんなそなたは、はじめて見る」

藍色の瞳が少し潤んで、青みを増している。思わずじっと見つめると、その双眸に瞼《まぶた》が下りて、再び口づけが降ってきた。

口づけられながら性器をあやされ、ただ快感を享受する。しばらくすると性器に、もうひとつの熱が押し付けられた。それが何かを理解して、サスランの興奮はいや増した。

アウスラーフの長い指が、サスランと彼の性器をまとめて扱く。再び高みに押し上げられながら、サスランはアウスラーフの手に自分の掌を重ねた。もう一方の手を、彼の背中に回す。

「ラン」

アウスラーフが嬉しそうに吐息を漏らす。彼の熱をすべて受け止めたかったし、感じたかった。しがみつくように腕に力を込めると、性器を擦る手の動きが性急になった。

「あ、あ……アウス……っ」

無意識に名前を呼んでしまう。

「サスラン、ラン」

呼び合いながら、サスランは三度目の絶頂を迎えた。

翌朝、サスランはアウスラーフの腕の中で目を覚ました。

昨晩はそのまま眠りに就いてしまった。石の床は冷たくて固く、掛け布さえなかったけれど、抱き合えばあたたかく、あまりの疲労にすぐに瞼は重くなった。

朝を共に迎えるのは初めてだった。それはこれまでで一番幸福な夜明けだったけれど、サスランの胸を満たしたのは絶望だった。

窓から差し込む清廉な光の下、昨夜起こったことは、全てが間違いだったと気づいた。

サスランはアウスラーフの腕からそっと抜け出し、外へ出た。

森はしんと静まり返り、人の気配はない。ここは一体、どこなのだろうか。古ぼけた扉を振り返り、中で眠るアウスラーフに思いを馳せる。

昨夜、彼が死ぬと思った時、開いてはならない扉が開け放たれてしまった。

誰にも心を許してはいけないと教えられてきた。なのにいつのまにか、彼を心の一番奥から求めるようになっていた。その感情が何なのか知らず、分かろうともせず、臆病に彼と距離をとり続けた。そして、一度も思いを告げないまま彼を失った。

時を巻き戻してからも、蓋をした感情に気づかぬふりをしてきた。その感情を認めてしまえば、彼を失ったことに、耐えられなくなるからだ。

けれど、もう、自分を誤魔化せない。

彼と口づけた夜に見た月を、何度も思い出すのは。令嬢に触れる彼を見て、胸が苦しくなるのは。自分だけが彼に幸せを与えたいと願ってしまうのは。この気持ちがきっと、愛と呼ばれるものなのだろう。

時を戻すずっと前から、それが愛だと分からないまま、彼を愛していた。そして、今も、愛している。逆行前には知らなかった彼を知って、もしかしたら、逆行前よりさらに深く。

鋭い痛みが胸を刺し、サスランは深く息を吸い込んだ。緑の匂いが胸を満たすと、少し苦痛が和らぐ気がする。けれど、起こってしまった事実から逃れることはできない。昨夜、アウスラーフを受け入れるべきではなかった。絶対に。

『サスラン、ラン』

囁く声が、生々しく耳に蘇る。居ても立ってもいられなくなって、サスランは目の前の茂みに飛び込んだ。細い枝が身体のあちこちを刺して、ちくちくと痛みが走る。それでもアウスラーフのことが頭を離れない。いっそのこと、このままどこかへ逃げてしまおうか。

ぐるりと回転し、茂みに完全に体重を預けると、ずるずると身体が沈み込んでいく。地べたに尻がついて、サスランはようやく自分の足で立った。小枝や葉にまみれた顔を上げると、茂みの向こうに思いの外広い空間が広がっていることに気づく。

昨日は暗闇で分からなかったが、数軒の家がある。しかしその家のどれにも、人が住んでいる気配はない。辺りは草が伸び放題で、廃墟にしか見えなかった。

と、奥の家の向こうから、誰かがやってくる。咄嗟に隠れようとしたが、それが昨日の老人であることに気づいてサスランは彼に声をかけた。

「あの……」

「起きておったか。これを届けてやろうと思うてな。昨晩おぬしを連れていた男はどうした？」

老人は近づいてきて、手にした籠を見せた。焼き立てのパンの香りが漂ってくる。

「まだ休んでいます」

「……あの男は、マイオソティスではないな？」

老人が、伸びた眉毛の下からじっとこちらを見つめる。サスランは困って首を傾げた。

「その、マイオソティスとは何なのですか？　私は何も知らないのです。母は皇宮の下女で、私は皇宮で生まれました。母は何も話してはくれませんでした。ただ、目立ってはいけない、誰にも秘密を知られてはならないとだけ教え、私が十歳の時に死んでしまいました」

思いつくままにこちらの事情を話すと、老人はなるほど、と重く頷いた。

老人が近くの木の根に座ったので、向かいの地べたに腰を下ろす。

「どこから話すのがいいか……。ここらの者は皆森の神様を信仰していた。その神様に仕えるのがマイオソティスだった。時を戻す力があると言われていた一族だ。時の番人とも呼ばれているが、ここらではマイオソティスという。森に住み、わしらのために神に祈ってくれていた。あんなことがあるまではな」

老人がぐるりと首を巡らし、廃墟となった集落を見つめる。

「ここはかつてマイオソティスの住む集落だった。あそこを下っていくと、わしらの村がある。もう三十年近く前になるか。突然アメジアの兵士どもが村に現れ、白い髪をした一族を知らないかと聞いて回った。奴らはマイオソティスのことを知ると、一人残らず攫っていきおった」

「アメジアの兵が？」

「どうも、マイオソティスの力を書物か何かで知り、国王に献上するために、領主が兵を遣わしたらしい。逆らう者は殺された。兵はこのことを外に漏らせば村ごと殲滅させると言った。マイオソティスの族長は、奴らの言う通りにしてくれとわしらに頼んだ。従う他なかった。彼らを見たのは、それが最後だ」

「じゃあ、私の母は……」

「お前さんの母親は、逃げられたんだろう。ずっと、そうであればいいと願っていた。

ひょっとしたら他のマイオソティスも、逃げおおせたのかもしれん」

それが、母が皇宮でひっそりと自分を産んだ理由だったのか。想像もしなかった過去に、言葉が出ない。

絶句するサスランの前で、老人はしきりと髭を撫でた。

「マイオソティスには時を戻す力があるはずだから大丈夫だと言う者もいた。あんなやつらの思い通りにはならず、無事に帰ってくると。でも誰も、戻っては来なかった。時が流れ、わしらはあの人らを見殺しにしたんだと思うようになった。今では誰も、マイオソティスの話はせん。泉に祈りを捧げる者もいなくなった」

老人の言葉に、自分も、時を戻そうとして戻したわけではなかったことを思い出す。きっと、思い通りに時を操れるような力ではないのだろう。もし本当にそんな力がマイオソティスにあるなら、アメジアが利用しているはずだ。

「あの泉は、一体何なのですか？」

「森の神様の住処じゃ。マイオソティスが居た頃は、あの泉で祈りを捧げたもんさ。大雨や嵐や大火事から、我々をお守りくださいとな。あんたらは、昨晩何をしとった。あんたを追っていたのは誰だ？　ただならん雰囲気だったが」

「時の番人の言い伝えを信じる人々がいて……私に儀式をさせようとしたのです。あの泉に、未来の記憶が映ると言って」

「てことはひょっとしてお前さん、時を巻き戻したのかね」

　この老人にそんな意図がないのは分かっていたが、力を使ったことを咎められている気がして、サスランは頷けなかった。黙ったままでいると、老人はまた髭を撫でた。

「妻を亡くした時には、わしも時を戻したいと思った。人間なら誰しも、そう願う時があるだろう」

「私は母に、この力は使ってはいけないと、ずっと言われてきたのです。そもそも、本当に自分にそんな力があるなんて、信じてもいませんでした。それなのに……」

「まあ、時を戻すなんていうのは、神様の領域だろうな。人間がおいそれとやってはいかん」

　老人の言う通りだった。皇太后のような人間に利用されることを考えたら、そんな力はない方が良いとしか思えない。

「まあそう心配せずとも、森の神様は森のためにならんことには力を貸さん。お前さんがもし時を戻したんだとしたら、それはきっとこの森と関係のあることに違いない。お前さんが気に病むことはない」

「……そう、なのですか」

サスランは面食《めんく》らった。

あの時自分はこの森の存在すら知らなかったし、アウスラーフを助けることが、この森と関係しているとは思えない。けれど森の神を信仰しているらしい老人にそれをわざわざ言うのも憚《はばか》られ、黙っていることにする。

「あの泉の湧き水はな、百年前の雨だ。雨水が森の土に染み込み、地の底を流れて、百年たって泉に現れる。泉には、長きに渡る森の記憶が蓄積しているんだ。わしと、妻の過ごした時間もな」

だから時々、泉に行っていたのだと老人は言った。

ふと、あの家を掃除していたのは彼ではないかとサスランは思った。

マイオソティスの誰かがいつか戻ってくることを信じ、この集落を見守っていたのではないか。

「わしはもう行く。この集落は外の人間にはまず見つからんだろうが、その分迷いやすいから、ここに地図も入れておいた。もし困ったことがあれば、村を訪ねてくれ」

老人が膝に手をついて立ち上がる。サスランは籠を受け取った。

「本当にありがとうございます。私は何もしていないのに」

「生きている者がいることを知れてよかった。どこかで幸せに暮らしておくれ」

　そう言って、老人が去って行く。

　彼の姿が視界から消えてから、サスランは彼に母のことを詳しく尋ねそびれたことに気づいた。

　籠を抱えて昨夜の家へ戻ろうとしたとき、ちょうど中からアウスラーフが飛び出してきた。

「殿下」

　声をかけると、アウスラーフが駆け出そうとした姿のまま硬直する。

　まじまじと見つめ合った後、アウスラーフは頭に手をやってため息をついた。

「そなたが、消えたのかと……いや、なんでもない。早起きだな、その荷物は？」

「昨日、ここを教えてくれた方が届けてくれたんです」

　朝の光に照らされるアウスラーフが、昨日まではまるで違い、きらきらして見える。眺めるだけで胸を締め付けられるほど、愛おしく感じてしまう。

　直視していられなくて、そそくさと家の中へ入った。

「よく晴れているな。こんな朝は、この国がとても美しい場所だと思い出す」

アウスラーフは近づいてくると、ごく自然な仕草でサスランを引き寄せ、額に口づけを落とした。彼の傷口が目に入り、反射的に顔を背けてしまう。自分のせいで彼が負った傷に、責められているような気になる。

アウスラーフは気分を害した様子もなく、サスランの手から籠を取り上げた。

「食料か、ありがたい。あまり時間がないから食べながら話そう。皇太后がそなたを攫ったのは何故だ？　なぜこんな森へ来た？　皇太后と、何か話をしたか」

ぎくり、と身体が強張る。あんな話、どう説明したらいいのか。話すとすれば、全てを打ち明けることになる。いやいっそ、その方がいいのだろうか。自分は時を戻す力を持っていて、アウスラーフの死んだ未来から来た。自分といればアウスラーフは死んでしまう。だから一緒にいてはいけないのだと、そう告げるべきだ。

アウスラーフなら、時を逆行したなんていうあり得ない話も、信じてくれるかもしれない。少なくとも、頭ごなしに否定はしないだろう。考え込んでいると、不安をなだめようとするかのように肩をそっと撫でられた。

その掌があまりに温かくて、サスランは奥歯を噛んだ。離れたくない。ずっと前に決めた覚悟が、たった一夜で崩れ去ってしまっている。

一秒でも長く、そばに居たい。あともう少しだけ、真実を明かすのを先延ばししてもいいだろうか。でも、その一秒で彼が命を落としたら？　恐怖と欲望がせめぎ合う。

黙ったままのサスランに、アウスラーフはひとつ息をついた。

「最近皇太后が余の動きに神経を尖らせているのは知っている。しかし従者にまで手を出すとは思わなかった。すまない、そなたを守ると言ったのに、巻き込んでしまった。予定を早めようと思う」

「予定？」

嫌な予感がする。

アウスラーフは、籠からパンを取り出しながら、至極気軽に言った。

「実は、三日前に兄上と話をした。兄上の子が七歳になり、皇位継承権を得たら余は皇籍を捨てる。そしてそなたと、この国を出る。兄上はそれでよいと約束してくださった。この約束はいずれ正式な文書にして、兄上に保管していただくことになっている。この話が公になれば、争いからは身を引けるだろう」

そこで一旦言葉を切ったアウスラーフはパンをテーブルに置いた。

「サスラン、余と生きてくれるか？」

ゆったりと微笑みながら彼が聞く。

目の前が真っ暗になった。

「……あ……」

逆行前にも聞いた言葉。

二度目はない。絶対に受け入れてはならない。言葉を発せなくなったサスランの頬に、触れるものがあった。目を瞬くと、アウスラーフの白い手が見える。

そっと触れるだけの指先から、抗いがたいほどの温もりが伝わってきた。

「申し訳、ありませんでした」

サスランは一歩退いて、アウスラーフと距離を取った。

「ラン?」

「殿下と生きるなどと畏《おそ》れ多い事、私には、とても無理です。昨夜……昨夜はどうかしていたのです。婚約者のいる殿下と、あのような」

唇が震え、舌がもつれる。

「ああ、バンダーク家とも話はつける。このことはまた改めて話そう。ひとまずグレナ達と合流しなければならないから」

「いいえ、殿下。私の話をお聞きください」

これ以上の、猶予はない。

「サスラン?」

「お別れの時です。殿下、私は未来を知っています。その未来で、殿下は私を庇って亡くなってしまった。私を狙った矢に撃たれたのです。その時、私は時を巻き戻しました。私は、時の番人という、時を戻す力を持つ一族の人間なのです」

ついに、言ってしまった。サスランはアウスラーフの顔をゆっくりと見上げた。

アウスラーフは、驚きのあまり口も利けないようだった。

「信じられないのも無理はありません。私自身、今でも力の使い方は分かりません。そのため、ここでやって見せろと言われてもできないのですが、でも、確かに時が戻りました」

「……そなたが時を戻したとして、なぜ、そなたと別れなければならないのだ？」

唐突に発せられたアウスラーフの言葉に、今度はサスランが驚く番だった。

「疑わないのですか」

「言っただろう。そなたの言うことはすべて信じる。そなたのこれまでの言葉や行動が、時を逆行したのであれば全て腑《ふ》に落ちる。それで？　なぜ、余はそなたとは離れなければならない」

サスランは、アウスラーフの迷いのなさに圧倒された。それと同時に、ついに真実を告げなければならない時が来た、と観念する。

「それは、私といると、殿下は命を落としてしまうからです」

たぶんそれが、逃れられない運命なのだろう。改めて言葉にすると、心が抉られるようだった。

アウスラーフは思案するように目を伏せた後、再びこちらを見た。

「……未来で余は、そなたを庇って死んだと言ったな。そなたはなぜ命を狙われたのだ？」

当然の疑問だった。

サスランは、注意深く言葉を選んだ。

「私は殿下の従者でした。アメジア派の者が、私と殿下が恋仲で、殿下が私と暮らすために国を捨てようとしていると誤解して、そうならぬよう私を始末しようとしたのです」

「誤解？　……実際には、恋仲ではなかった？」

「はい。私はただの従者でした。まるで友のように親しくして頂きましたが」

サスランはどうにか言葉をひねり出した。そこにあった愛を伝えることはできない。これ以上、アウスラーフに重荷を背負わせたくなかった。

「愛してはいなかったと言うのだな」

ゆっくりとそう聞くアウスラーフの瞳は、これまでに見たこともないほど、透き通っていた。どうして急に、無垢《むく》な幼子のような目をするのか。まるで、逆行前のアウスラーフに、本当は愛していなかったと告白しているような錯覚に陥る。

「はい。殿下は良き主君でしたが、それだけです」

「それは、今もか」

続いた問いに、虚を衝かれた。

「そなたが余を救おうとするのは、ただ忠誠心のためだと言うのか。昨夜の、そなたは……」

「昨日の私は本当に混乱していたのです。私のせいで殿下が命を落とされると思い」

「愛してはいない？」

それはとても静かな問いかけだった。

答える前に一瞬、この世のすべての音が消えてしまったように感じるほどに。

「殿下を尊敬しております。けれどそれは、愛ではありません。……昨夜、私といる限り殿下には死が付きまとうと思い知りました。未来を知っていながら、おそばにいるべきではありませんでした」

このところずっと、頭を離れなかった考えだった。彼を救おうとしてやったことが、ことごとく危険を招いている。自分はアウスラーフを死に近づけてしまう。

「余はそなたがいればそれだけでいい」

「私と添おうとして国を捨ててはなりません。殿下はこの国を愛していらっしゃる。その素晴らしい力を国のためにお使いください」

サスランの懇願に、アウスラーフは端整な口元を歪めた。

「政《まつりごと》に興味はない。この国を恨んではいないが、余はこの国の民にはならぬ。皇家の人間にもだ。もうずっと前からそう決めている」

その言葉には、あまり驚かなかった。

「殿下は、アメジアに……お戻りになるのですか？」

「いや、少なくとも母が生きているうちは、戻るつもりはない。迷惑をかけるから」

「では、殿下はこの国を出てどうなさるおつもりなのですか」

アメジアに帰れないのであれば、行く当てがないではないか。

アウスラーフはゆるりと笑った。

「この世にアスとアメジア以外の国がいくつあると思う？　余が静かに暮らせる場所くらい、いくらでもある。そなたと生きていけるならどこでもいい」

サスランは、否とも応とも答えられずにいた。

アウスラーフが腕を伸ばし、頭上の枝を掴んだ。その先につく新芽を撫でるように掌を滑らせる。

「ここのところ、アメジア派が各地でアメジア民族税の廃止を求めて騒ぎを起こしている。

皇太后は貴族院でその運動の中心地となっているカナデ鎮圧の指揮《しき》を余に任せたいと熱弁をふるったそうだ。追随する親皇族派は多い。中立の者たちも、今後の状況次第でその意見を支持するようになるだろう。……余がカナデ鎮圧で命を落とせばどうなると思う？」

カナデと聞いてサスランは息を呑んだ。忘れたくても忘れられない。あの朝、アウスラーフが遠征するはずだった場所だ。

「皇太后は唯一の皇位継承権保持者がようやく消えて喜ぶだろうが、そんなことはどうでもいい。親皇族派は余を悲劇の象徴としてアメジア人への弾圧を強めるだろう。アメジア民族税にとどまらずアメジアから持ち込まれる物品への関税が強化されれば、いよいよアメジア本国もアスの内政に干渉せずにいられなくなる。そうなればアスはアメジア侵攻のまたとない口実を得る。最悪の場合、アスとアメジアは全面戦争に入る」

そこまで説明されてようやく、サスランにもアウスラーフの言おうとしていることが理解できた。争いの種になることを避けるため、アウスラーフは国を出ようとしているのだ。

「余は国を出るべきだ。国のため、民のために尽くしたいとも思わない。何度も言っただろう。余は余の欲するもの以外に興味のない、およそ皇族にはふさわしくない人間だ」

アウスラーフが枝から手を放す。

サスランは目を瞬いた。アウスラーフの言葉には矛盾がある。国のために尽くすつもりはないと言いながら、国のため、民のために国を去ろうとしている。

アスとアメジア以外に国はたくさんあると言いながら、具体的な名前は上げない。アウスラーフの普段の用意周到さなら、十の国に優劣をつけて並べても驚かないのに。どこでもいいなんて、ひどく投げやりだ。

相反する感情が、彼の中でせめぎあっている。自分の中に流れる皇族の血を厭いながらも、その立場に伴う責任を放棄することができずにいる。それは彼が持って生まれた高潔さからだ。

何が最良の選択なのか、皇宮の外を知らず、花を育てる以外に能のない自分にはわからない。けれど、アウスラーフが心の奥底で望んでいることは、わかる気がした。魂は変えようがない。今国を出れば、彼はこの先ずっと苦しむことになるだろう。

「今、国を捨ててはなりません、殿下。皇帝陛下とよくお話しになり、解決方法を探ってください。殿下ならきっと、道を見つけられるはずです」

彼の苦しみを本当の意味で理解することも、肩代わりすることもできないし、身分を弁《わきま》えない発言であることも分かっている。けれど、言わずにはいられなかった。

アウスラーフは目を伏せ、俯いた。いよいよ怒らせたか、と緊張する。けれどアウスラーフの口から漏れたのは、細い声だった。

「ナスフやそなた――余の愛する者はいつも、多くの人々の幸福と平穏を願う。たとえ自らは理不尽にそれを奪われていたとしても、だ」

表情を窺うことはできない。ただ朝陽がきらきらと、場違いに彼の黒髪を輝かせている。

「そして余はそれを拒むことはできない。……そういう定めなのだろうな」

顔を上げたアウスラーフと見つめあう。彼の手がすっと伸びてくる。けれどその手は、何にも触れることなく元の位置に戻った。

「皇太后は、そなたの力を知って狙ったのか」

「はい。アディラ嬢から私の話を聞いて疑いを持たれたようです。私がシャイマ殿を通してしたことも、すでに知られていました。私の未来の記憶を見る儀式を行おうと、昨日はあの泉に連れていかれたのです」

その結果、アウスラーフは傷を負った。彼を救おうとしてしたことが、全て裏目に出ている。後悔に苛《さいな》まれ、これまでの出来事がぐるぐると頭の中を巡った。

「力の使い方は、分からないと言ったな」

「はい。そもそも、私は力について全く知りません。時の番人にまつわる言い伝えがあるということを、アディラ嬢から聞いて初めて知ったほどです」

その時ふと、月桃花が頭に浮かんだ。アウスラーフを失った時、なぜ時を戻せたのか分からないけれど、あの花の香りが強く香ったことを思い出す。思えば何かを暗示するように、あの朝は月桃花の香りで目を覚ました。その記憶とともに、昨夜の皇太后の言葉が蘇る。儀式に花が必要だと言っていたのではなかったか。

まさか、と思うけれど、これ以上アウスラーフを、関わらせてはいけない。

「殿下。力を知られた以上、ますます陛下のおそばにいるわけにはまいりません。どんな迷惑をおかけするかも分かりません。私には、耐えられません」

自分の弱さを、アウスラーフに訴える。

アウスラーフは首を横に振った。

「そなたの望みは分かった。だが、皇太后がそなたを狙っている以上、そなたを自由にしてやることはできない。食事を終えたら、ここを出よう。そなたをハズルに任せる」

「え?」

「そなたには皇宮から離れた場所で暮らしてもらう。護衛にはグレナの部下をつける。そこで過ごす間は、好きにしていていい。必要なものがあれば届けさせる。余はついてはいかぬから、安心しろ」

そう付け足して、アウスラーフは微笑んだ。どこか皮肉げな笑みだった。

「そなたの安全が確保出来たら解放する。そなたの望まぬことはしない。……それでいいな？」

確かに、自分には身を守る力すらない。下手に動くことで、アウスラーフの負担にはなりたくない。サスランは自分の無力さを痛感していた。

「はい、殿下」

頷く以外の道はなかった。

連れていかれた家は、意外にも皇都の中心部にあった。多くの人間が出入りする場所の方が、却って姿を隠しやすいという考えなのかもしれない。茶色の鬘《かつら》を用意され、ハズルと二人、兄弟という設定で生活を始めることになった。二人の護衛は、下男として交代で家にやってくる。

アウスラーフが私財で購入したという家はこぢんまりして住み心地が良かったけれど、庭はなかった。サスランは隣人が捨てようとした鉢植えを引き取らせてもらい、少しだけ花を育てた。育てる花には、結婚を祝う白い大百合を選んだ。

皇都では思わぬ再会もあった。実家に帰ったと聞いていたシャイマが、近所の食堂で働いていたのである。サスランは驚きすぎて彼女を凝視してしまい、変装を見破られることになった。シャイマはすっかり食堂の女中が板についていた。結婚の約束をした人もいるらしい。

さらに驚いたことに、シャイマはハズルから金を渡されて皇宮を下がったのだという。折しも父が倒れたと知らせがあり、目の前に積まれた金貨と嘘の予言を続ける危険とを秤《はかり》にかけ、ハズルの勧めに従ったらしい。アウスラーフが手を回したのだろう。そういうことを平気でやるのが、逆行後の彼だ。

半年が飛ぶように過ぎ、秋が終わると、巷《ちまた》は第一皇子と大公令嬢の結婚の噂でもちきりになった。春の結婚式に向けてアディラ嬢が選んだという触れ込みのドレスや装飾品に、若い娘たちがこぞって群がる。サスランは大百合を丹精込めて育て続けていた。その花を、彼の結婚式に届けることはできないと分かってはいたけれど。

華やかな話題の一方で、巡回する衛兵の数が増え、皇都にはピリピリとした空気が漂っていた。皇国の各地で、傭兵崩れの集団が暴動を企てたとして領主や自警団に摘発される事件が相次いでいた。

皇都では、アメジア民族が独立を求めて戦争の準備をしているらしいと、まことしやかに囁かれた。その中心地とされているカナデでは、ついに領主の家をアメジア派が占拠してアメジア民族税の支払いを拒み、いつ大規模な鎮圧部隊が派遣されてもおかしくないらしい。サスランは結婚を間近に控えたアウスラーフがカナデへ駆り出されることのないよう祈り続けた。

「聞いて、サスラン。とうとう結婚の日取りが決まったのよ。第一皇子と大公令嬢にあやかって、次の春に式を挙げるわ」

寒さが緩み、春の訪れを感じさせるあたたかな日差しの差し込む食堂で、上機嫌なシャイマはサスランの注文を取るのもそこそこに、話を始めた。

「おめでとうございます」

「あの皇子にあやかる日が来るなんてねぇ。皇宮に勤めてて、皇子にも会ったことがあるなんて、今じゃ自分でも信じられないわ。ま、あそこは私にゃ合わなかったし、今の生活が幸せだけどね」

自分も、もう二度とあそこへ戻ることはない。

そう考えると彼女と同じに、皇宮で過ごした日々をひどく遠く感じた。アウスラーフと同じ離れで寝起きして、彼のために花を育てる生活は、今思えば夢のように幸福だった。

未練はないけれど、思い返すと切なくなる。

「あの皇子、かなり頭が切れるってんで、大公は跡を継がせたがってるし、皇帝は皇太子に指名しようとしてるらしいね。ユースタス川の氾濫を食い止めたのもあの皇子なんだろ？　カナデの鎮圧に成功すりゃ、もう誰もアメジア野郎なんて呼ばなくなるね」

「第一皇子がカナデの鎮圧に？」

サスランはシャイマの言葉に、瞬く間に現実に引き戻された。

そんな話、街でも聞いたことがないし、ハズルやグレナの部下たちも口にしていなかった。どうして知っているのか、と目顔で問うと、シャイマは得意げな顔をした。

「さっき、皇宮にいた時の知り合いに偶然会って聞いたのよ。皇太后があれこれ難癖付けて、カナデ鎮圧の指揮官にしたんだって。そこで失敗すりゃいいと思ってるんだろ。明日にも出征だってさ。結婚も間近だってのに、皇族様は大変だねぇ。あ、スープができたみたい」

あれほどカナデ鎮圧での危険性を語っていたアウスラーフがなぜ。皇太后の圧力をかわし切れなかったのだろうか。胸が騒いで仕方がない。思わず立ち上がり、食堂を飛び出しそうになって、しかしサスランは結局元の席へと腰を下ろした。

さっきシャイマとも話したように、全てはもう自分に関係のないことだ。

今のアウスラーフは大公家の後ろ盾を得て、皇帝にも重用されている。自身でうまくやるだろう。自分にできるのは、遠くから祈りを捧げることくらいだ。サスランは懸命に自分にそう言い聞かせた。けれど、シャイマが運んできたスープもパンも、最後まで味がしなかった。

次の朝、サスランは日課の水やりをしようとして、驚愕した。

「え……？」

大百合を植えた窓辺の鉢に、青い花が咲いている。大百合は白い花を咲かせるはずなのに。

慌てて近寄ると、青い花は月桃花だった。よく見ると、百合のしっかりした茎に沿うようにして、ひょろひょろとした蔦《つた》のような月桃花の茎が伸びている。今まで気づかなかったのが不思議だ。どこからか、種が飛んできたのだろうか。こんな奇跡のような偶然も、花を育てる楽しみの一つだ。自然と緩んだサスランの口元はしかし、次の瞬間凍り付いた。

逆行前、月桃花が咲いた朝に、アウスラーフはカナデへ発ったのではなかったか。そしてその後に起きたことは、忘れたくても忘れられない。

サスランは必死に記憶を辿った。次に、震える指で数を数える。アウスラーフが十九になった春。三の月の三十日目。

今日は、アウスラーフが殺された日だ。

奇妙な符号に、不安が膨れ上がる。

窓辺に立ち尽くしていると、通りを走ってくる馬車が目に入った。随分と速度を上げているそれが、家の前で停車して驚く。馬車から降りてくる人物の顔を見て更に驚いた。

「グレナ殿」

窓から呼びかけると、頭に布を巻いた商人の姿のグレナが顔を上げて返事をする。

「急ですがここを離れることになります。すぐに来て下さい」

サスランは咄嗟に月桃花を摘み、上着の中に忍ばせた。

階段を駆け下りていくと、馬車の扉を開けたままグレナが待っている。

「この場所が皇太后に知られたかもしれず、居を移すようにと殿下が」

「……殿下は今どこに？」

「サスラン殿の保護を私に申しつけ、殿下はすでにカナデに……っ」

説明をしていたグレナの言葉が途切れ、巨躯《きょく》が突然自分の方へ倒れてくる。

「グレナ殿!?」

どさりと地面に倒れ込んだグレナの背後に立っていたのは、サキだった。手に握っている鞘をつけたままの剣で、グレナを昏倒《こんとう》させたらしい。

声を上げる間もなく大きな手で口を塞がれ、道の向こうに停まった二頭立ての馬車に押し込まれる。装飾こそ少ないものの一目で作りが良いと分かる馬車の中で、待ち受けていたのは予想通りの人物だった。

「皇太后陛下……」

「出征の朝に我の計画を知らせれば、お前の所に使いをやるだろうと思ったわ。久しぶりね、サスラン。直接顔を見たくて、わざわざ出向いてしまったわ」

三人は優に座れそうな広々とした座席の真ん中に鎮座する皇太后の向かいに座らされる。無駄な抵抗はせずサキに両手を縛られていると揺れを感じ、馬車が走り出したのが分かった。

「そんな恐ろしい顔をするでない。大人しくしていたら、お前の大切な主人の最後を見せてやる。あれがどれほど無残に死ぬのかを見たら、お前も我に歯向かおうなどとは思わなくなるだろう」

「何を、言って……」

夜の湖で相対した時より、その釣り目には狂気じみた熱が宿っている。

「待ちきれないわ。お前を攫ったと、あいつに使いをやった。今夜の野営地近くの森を引き渡しの場所に指定してある。あいつが現れたらあとは葬《ほうむ》るだけ。替え玉を立てて死体を運べば、暴動の鎮圧に失敗して命を落とした哀れな皇子の出来上がりだ。カドマが皇太子になれば、アメジアの血が混ざった出来損ないのことなど民はすぐに忘れる」

皇太后は成功を確信したかのように上機嫌だった。窓にはカーテンが引かれ外の景色は分からないが、今の話だとおそらくこの馬車は鎮圧部隊を追いかけているのだろう。

暴動の鎮圧に向かった第一皇子が、不運にも落命する。それが皇太后の筋書きだ。その餌《えさ》となるのは自分。生きているばっかりに、またアウスラーフを危険に晒してしまう。彼の保護に甘えず、身を引くべきだった。いっそこの世から消えていれば——。

暗い方へ暗い方へと思考が傾きかけ、サスランは歯を食いしばった。アウスラーフのためにできることはないか、考えるのが先だ。選択肢は少ないけれど。

サスランは目の前に座る蛇《へび》のような眼をした女王に向かい、覚悟を決めて口を開いた。

「陛下。もしアウスラーフ殿下を助けて下さるなら、陛下に忠誠を誓います。時の番人の力を手に入れれば、アウスラーフ殿下の存在など取るに足らないものとなるでしょう。わざわざ危険を冒して、手にかけるまでもございません」

力の使い方など知らないが、そう言うしかなかった。賭けに出たサスランに、皇太后は手にした扇をひらりと振った。

「健気《けなげ》なことよ。だがあの忌み子は今日確実に亡き者とする。お前と取引はせぬ。何故だかわかるか？」

　想定外の質問をされて、サスランはたじろいだ。質問の意図も、その答えも分からない。ただ、底なしの悪意を感じる。

「時の番人については、アメジアの方が詳しい文献が多くてな。それを調べて分かった。時の番人の力は、一度限りのものらしい。お前はすでに時を戻しているのだろう。つまりお前にはもう時は戻せない。だから取引はせぬ。今のお前の役目は、子を成すことだけ。その子が育った時こそ、世界は我のものとなろう」

　皇太后の言葉に、サスランは息を呑んだ。

　何というおぞましい欲望だろうか。

　――私たちは普通の人間ではないの。誰にも、その秘密を知られてはならない。他人に心を許しては駄目。正体を知られれば、きっと死ぬよりつらい目に遭うから――。

　母の言葉が、鮮明に頭の中で響いた。

「殿下は私のために引き返してなど来られません。殿下が私を保護して下さっていたのは、これまでの忠義に報いただけのこと。命をかけてまで、軍を離れることはありません」

　必死に冷静を装い、そう口にする。それは半ば、祈りでもあった。アウスラーフが引き返してくるはずがない。彼はそれほど愚かではない。

彼にはすでに、別れを告げた。自分のために今のアウスラーフがそこまでする理由はないのだ。

「それはどうかしら。試してみる価値はある」

皇太后は余裕の笑みを崩さない。

そこからは、地獄のような時間が続いた。馬車が進むにつれ、アウスラーフの死が近づいているような錯覚に囚われる。

馬車は一度途中で止まり、皇太后はゆったりと食事を取ったようだった。サスランには何も与えられなかったが、空腹は微塵も感じなかった。

やがて、カーテンの隙間から差し込む日の光が弱くなってきた頃、隣に座るサキが俄かに腰を浮かせた。

「どけ」

サキはサスランの肩を押しやり、カーテンをめくって御者台を覗く。しばらく前方を凝視していた彼は、振り返ると皇太后に向かって頷いた。

まさか。サスランは身体を捩ってサキが覗いていた小さな窓に張り付いた。

今馬車は、森の中を走っているようだった。馬車を先導する兵士の姿がある。皇太后の私兵だろう。その更に先、舞う土埃の向こうに目を凝らす。

微かに、こちらへと馬で向かってくる黒い影が見えた。

その途端、全身から冷や汗が噴き出した。

「来ないで、アウスラーフ……!!」

悲鳴のような声が漏れる。

何もかもが逆行前の今日という日の惨劇を思い起こさせた。

「思ったより早いわね。馬車を止めて。迎えて差し上げましょう。指示通り一人で来たのね。こんなに大勢連れてくる必要はなかったかしら。サキ、後ろの馬車にも号令をかけなさい」

「はっ」

為す術もなく馬車は止まった。

サスランはサキに腕を掴まれ、馬車から降ろされた。

地面に降り立つと、たちまち十名ほどの兵士に囲まれる。サスランは、今からでもアウスラーフがこの場から去ってくれることを願った。

「来ないで！」

しかしアウスラーフは構わず近づいてくる。

「馬を降りて、武器を捨てろ！」

サキが声を張り上げる。アウスラーフは言われた通り馬から降りると、剣を目の前に放った。すぐさま一人の兵士が走り出て、それを回収する。

「両手を上げて、ここへ跪け。変な気を起こせばすぐにこいつの首をはねるぞ」

居丈高《いたけだか》に命じたサキは、尚も素直に従うアウスラーフを見て、満足げに馬車の中に声をかけた。

「陛下、そのままお話しになりますか」

「いいえ。せっかくだから顔を見て言葉を交わしたいわ。この下賤《げせん》なアメジア人の顔を見るのも、これが最後だと思えば感慨深い」

サキはサスランの身柄を部下に任せ、馬車に駆け寄ると皇太后に手を差し出した。長いドレスの裾を引きずりながら、皇太后が姿を現す。場の空気が一瞬で張り詰めた。

アウスラーフは何の感情も窺わせない顔で、皇太后を眺めていた。

「久しぶりだな、アスラヒ」

口元を扇で隠しながら、皇太后が声をかける。アウスラーフは淡々と答えた。

「最後まで、アウスラーフとは呼んでいただけないのですね」

「アメジアの人間に、皇国の名などもったいない。これが最後だと理解できる知性は認めてやっても良いが」

「やはり、最初から取引する気などなかったのですね。どうあっても、私を生かしておかぬおつもりですか。皇太后陛下もご存じの通り、私は皇帝陛下にお仕えすることを誓った身ですが」

アウスラーフの言葉に、サスランはびくりと肩を震わせた。

殺されると分かっていて、この場に来たというのか。どうして。

「人の心ほど移ろいやすいものはない。誓いなど、欲望に染まった心の前には儚《はかな》いもの。お前もそれを知っているから、時の番人を手に入れて我を操ったのだろう。我がそれを見過ごすと思ったか」

「私の首を刎《は》ねるのですか」

「その通り。時間をかけるのは愚か者の所業。サキ、一太刀で済ませられる？」

どうして、アウスラーフは皇太后を挑発するようなことばかり口にするのだろう。

「ああ、その黒い髪と瞳。本当に忌々しい。お前のようなものが、皇宮にいてはならない」

諸手《もろて》を挙げ、地面に膝をついているアウスラーフの首元に、サキの剣先が付きつけられる。一度ぴたりと位置を定めたそれが、高々と振り上げられた。

緊迫した場面に、自分を拘束するサキの部下がごくりと唾を飲んだ音が聞こえる。

曲がりなりにも、アウスラーフはこの国の第一皇子だ。

「殺させてはなりません。第一皇子殺しの目撃者を、皇太后が生かしておくはずがない。ここにいる者は皆、始末されます」

サスランは押し殺した声で背後に語りかけた。びくりと男の身体が震え、腕を掴む手の力が緩む。サスランは男を振り払い、駆け出した。

「サスラン!! 来るな!!」

「サキ！」

異変に気づいたアウスラーフと、皇太后の声が響く。

サスランはアウスラーフの前に身を投げ出して叫んだ。

「私は今月桃花を持っている！ 殿下を斬れば時を戻す！」

時は一度しか戻せないという話は、さっきサキも聞いていたはずだ。ただ、一瞬でもアウスラーフが逃げ出す時間を稼げればよかった。

斬られたっていい。アウスラーフが助かるのなら。

サキは瞬刻怯《しゅんこくひる》んだものの、剣を構えなおした。

「小賢しい……!!」

背後に庇ったアウスラーフの腕が伸びてきて、腰をぐっと引かれる。

剣先が振り下ろされ、反射的に目を瞑った。掌にちり、と痛みが走る。

「そこまで！」

その時、辺りに朗々たる声が響き渡った。

その場にいた誰もが、動きを止めたのが分かる。サスランは恐る恐る目を開いた。

背の高い男が、まるで地面を滑るように歩いてくるのが見えた。後ろには、近衛兵を従えている。

「皇帝陛下……」

サキが呆けたような声を出し、剣を取り落とす。サキの言葉を聞いた兵士たちが、一斉に背筋を伸ばした。

アウスラーフは知っていたのか、落ち着き払ってサスランを立たせた。

「陛下、あと少し早く登場していただければ、大変助かったのですが」

「すまない。つい見入ってしまってな。いや、良いものを見せてもらった」

サスランはただ呆気に取られて、神々しいまでに輝く金髪の男を見つめた。男――皇帝はアウスラーフによく似た切れ長の目で、ゆるりとあたりを見回した。そして、皇太后にぴたりと視線を止める。

「時に母上、スローツに静養に行かれていたのではなかったのですか」

「そなた……どうしてここに」

皇太后が、さっきまでの様子からは想像できないほど狼狽えている。

「カナデ遠征に紛れ込んでいらっしゃるとは、困ったものです。母上は最近大変お疲れのようでしたから、静養が必要だと何度も申し上げたはずですが」

「ええ、ええ、あなたが母想いな子だということは、よく分かっていますよ……」

取り繕おうとする皇太后に、皇帝が容赦なく言葉を被せる。

「一部始終を拝見しました。カナデにおける暴動は国家の一大事。その鎮圧という重大な任を負った軍の妨害をするとは。ましてや、わが弟にして本作戦の指揮官に理由なく剣を向けるなど言語道断《ごんごどうだん》。詮議《せんぎ》にかけるまでもなく、母上を反逆罪に問わなければならなくなります」

「母に向かって、何ということを。我はそなたとカドマのことを思って」

「我々のことを思うのなら、皇国の未来を考えて下さるべきでした。カナデは、アメジアの血が流れるアウスラーフでなければ鎮められません。かの地で民が争えば、いかに皇国とて無傷ではいられない。遺恨《いこん》は百年にわたって残るでしょう。我が父の代から政の中心にいらっしゃるのに、その程度のことにも考えが至らないのですか」

「違います、アクラム、我が息子にして偉大なる皇帝よ。何か誤解が」

「私は母上がアウスラーフに剣を向けさせるのをこの目でしかと見ました。皇帝たる私の記憶を覆すことは何人たりとも出来ません」

皇帝の怒気に皇太后は言葉を失った。

皇帝が「お連れしろ」と指示すると、近衛兵が素早く皇太后に近づき、乗ってきた馬車へと乗車を促す。皇太后は彼らに鋭い視線を向けながらも、為す術なく馬車に乗り込んだ。それに続き、サキをはじめとする皇太后の私兵が取り押さえられる。

「すまない。お前には苦労をかけてばかりだ」

前後を近衛兵に囲まれ去って行く馬車を見送りながら、皇帝がアウスラーフに声をかける。

「いえ、陛下にこのような場所までお運び頂き、恐縮の至りです。早速ですが、お願いしていた件はどうなりましたか」

「ああ、やはりカナデ派兵の事実が中立派には効いている。そなたの掴んだ武器密輸の件で、親皇族派の一部の票も得られるだろう。これで、アメジア民族税は段階的にだが引き下げられることになる。血を流さずに暴動の主導者と交渉できるな。……交渉が、必要ならばの話だが」

皇帝とアウスラーフが、囁きを交わし始める。

「お気づきでしたか」

アウスラーフの言葉に、皇帝は初めて人間らしい表情を見せた。

「……なんと。気づかれていることにも、気づいていた様子だな」

「重要な事実を伏せて報告を差し上げていたこと、お詫び致します。お察しの通り、主導者とはすでに和解しております。領主の家もすでに解放され……というより、かの家がアメジア派に占拠されたという事実はありません。詳細は後日に。急を要する事情があり、今日のところは御前を下がらせて頂いてよろしいでしょうか」

「許す。カナデの暴動がでっちあげだと、私が知っていてはならないからな。時にアウスラーフ、カナデの件以上に急を要するとは……」

何かを言いかけた皇帝が、ふとこちらを向く。高貴な人の視線を受けてサスランはアウスラーフの腕の中で身を縮こまらせた。

「なるほど。そなたがサスランか。聞いていたのと、髪色が違うが」

皇帝に直接話しかけられて、心臓が飛び出しそうなほど驚く。動転し、思わず鬘をずりと脱いだ。脱いだ鬘を胸の前で掴んだまま跪く。

「こ、これは大変なご無礼を、陛下。サ、サスランと申します」

「なるほどこれは美しい。サスラン、アウスラーフが世話になった。これからも余の弟を宜しく頼む。アウスラーフ、今日はもう下がってよい。明日、直接報告せよ。サスラン、良ければそなたも顔を見せてくれ」

「私につきましては、仰せの通りに」

アウスラーフがどこか慇懃《いんぎん》無礼《ぶれい》に応え、皇帝は鷹揚に頷いた。皇帝がマントを翻すと、近衛兵がたちまち彼の周りを囲む。

その訓練され尽くした動きをぼうっと眺めていると、聞き慣れた声が響いた。

「殿下！　サスラン殿！」

「その声は……グレナ殿？　なぜそんな恰好で……それに、怪我はないのですか？」

皇太后の私兵姿の男が一人駆け寄ってきて、反射的にびくりとしたサスランは、その男の顔を見て驚いた。グレナは苦笑しつつ、背後の馬車を示す。

「皇太后の手の者が現れることは分かっていましたから。やられたふりをしました。お二人ともお疲れでしょう。早く、馬車へ」

「え？　それはどういう」

「説明は後だ。余は馬で行く。グレナ、サスランを頼む。手を怪我したようだから、すぐに手当てを」

「御意」

アウスラーフはグレナに指示を出すと、さっさとその場を去ってしまう。森の中にいつまでもとどまっている理由もなく、サスランも馬車に収まった。

馬車で手当てをしてくれながら、グレナはいざという時のために隊列に紛れていたのだと告白した。アウスラーフは皇太后の計画を知って、逆に利用したのだという。

馬車の向かった先は、見たことのない屋敷だった。バンダーク家の別荘のように森の中にひっそりと佇み、ハズルが出迎えたほかは使用人の気配がない。何の説明もないまま当たり前のように迎え入れられ、庭に面したサロンに通されると、そこには軍装から着替えたアウスラーフが一人、サスランを待っていた。珍しくぼんやりとした顔で火のない暖炉の前に立っていたアウスラーフは、物音に気づくとサスランの方へ向き直った。

話をしなければならないだろう。そう思って歩を進めたけれど、目が合った途端足が止まった。

「サスラン」

一言、名前を呼ばれただけで、呼吸が止まる。

アウスラーフが一歩前に踏み出し、サスランは反射的に飛び退った。

「……その反応は、何だ」

「ち、近寄らないで」

アウスラーフを目の前にして、彼が殺されそうになった恐怖がぶり返したようだった。彼といてはいけない、と頭の中で警鐘が鳴り響く。

「私に触れないで下さい、目も、合わせないで……」

ひどく混乱している。

アウスラーフと話すことが、彼の目を見ることが怖い。彼といればまた彼を危険に晒してしまいそうで、それなのに、こうして二人きりでいれば、離れるどころか、その正反対の行動をとってしまいそうで。自分の気持ちを何もかもぶちまけてしまいそうで。

「分かった、分かったから逃げないでくれ。そこに座ってほしい」

サスランが壁に沿って置かれた長椅子に腰を下ろすと、アウスラーフは低いテーブルの角を挟んだ一人掛けの椅子に腰を下ろした。

「……久しぶりだな、サスラン」

膝に手を置いて俯いていると、アウスラーフがぽつりとそう言う。

「お久しぶりです、殿下」

何を話していいか分からない。けれど何かを聞かれることも怖くて、自分から話の口火を切った。

「皇太后陛下は、この後どうなるのでしょうか」

「スローツで静養というわけにはいかないだろうな。おそらく東の荒野離宮で、生涯幽閉になる。手を差し伸べる貴族もいないだろう。最近失策が目立っていたし、実家の事業も不調で今までのように取り巻きに大盤振る舞いできなくなっているようだから」

長年アウスラーフを苦しめ続けた皇太后が、ついに失脚《しっきゃく》した。これで、今までのようにアウスラーフの命が脅かされることはなくなるだろう。本当に、すべて終わった。

そう思うと、急に冷静になった。

「では、私を狙うことはもうないと考えてよろしいでしょうか」

サスランは覚悟を決め、顔を上げた。

アウスラーフは両膝に肘をつき、両手を組んでいた。俯いているので、その表情は窺えない。

「……自由を望むのか」

下を向いたまま、アウスラーフはそう聞いた。

はいと答えようとしてひとつ息を吸うと、アウスラーフが唐突に顔を上げ、こちらを見た。

はっきりと目が合う。藍色の瞳は激情に燃えていて、サスランは目が逸らせなくなった。

「剣の前に身を投げ出して、血まで流しておきながら、そなたは去ると言う。余は言葉より行いを信じるが、これだけは、口にしてもらわなければ分からない。一度でいいから、本当のことを聞かせてほしい。そなたは余を、愛してはいないのか？　一度も、愛したことはなかったのか」

アウスラーフは一息にぶちまけた。

その後には沈黙が訪れる。部屋に満ちた静寂に、押し潰されそうな気がした。

「ハズルが……」

からからに乾いた口から、ふいに言葉が漏れる。

アウスラーフが怪訝に眉根を寄せる。

「ハズル？　ハズルがどうかしたか？」

「逆行前、ハズルは建国祭の夜に火傷を負い、右半身が不自由になりました。時を戻った私はその悲劇から彼を救ったはずでした。けれど結局、彼は毒を受け右足を引きずるようになった。その時、変えられない運命もあることを知りました。もう二度と後悔したくないのです。逆行前、殿下は私を庇って死にました。運命が繰り返さないか、怯《おび》えながら生きたくはないのです」

自分の中に渦巻く恐怖を吐き出す。

アウスラーフは目を伏せた。

椅子の上で脚を組むと、その膝をとんとんと指で叩く。何かを思案しているようだった。

「時を戻す前、余はそなたを狙った矢で死んだと言ったな。それは真実ではない。余は余を狙った矢で死んだ」

サスランは、微かな違和感を覚えながら聞いた。

「そんなはずはありません。サキ殿が、アメジア派が私を狙って矢を放ったと確かに言っていたので」

「……矢を放ったのは、確かにアメジア派だ。だが狙いはそなたではない。アメジア派は、余が皇籍を捨てようとしているのを知って、もはや余の利用価値はその死だけだと考えた。彼らはカナデへの道中、親皇族派に余が殺されたことにし、アメジア人の決起を促そうとした。だからそなたが気に病む必要はない。むしろ、そなたは巻き込まれただけなのだ」

アウスラーフは薄い唇を皮肉げに歪めた。

「余の失敗だ。そなたと暮らすことばかり考え、アメジア派と親皇族派の動向を把握しきれなかった。いや、現実から目を背け、拙速に事を運ぼうとした報いか」

「何を、言って……。アウスラーフ……記憶が……？」

上手く呼吸ができない。信じられない。

「同じ過ちは犯さない。皇籍を返上する考えは変わらない。このことは早晩、国中に知らせる。アメジア派にも、誰にも手出しはさせない。……そなたを愛していたことを覚えている。今もそなたを愛している。他には？　まだ聞きたいことがあるか？」

情報が頭の中で錯綜《さくそう》し、思考が追い付かない。愛している？

だってこの春にアウスラーフは。

「で、でも、殿下はすでにアディラ嬢と結婚を控えて」

「アディラ嬢は結婚する。余ではない相手と、だが」

「そ……」

「かつて彼女の想い人がユースタス川の氾濫で命を落とした、ということは兄上から聞いて知っていた。種明かしをすれば、その想い人はカナデ領主の二番目の妻の息子なのだ。彼には四分の一アメジアの血が流れていて、もともと、許されない相手だった。けれど今、彼は川の氾濫対策の立役者として英雄になっている。大公も彼との結婚を認めた」

サスランは目を白黒させた。その想い人とやらを動かしたのは、アウスラーフなのだろう。

沢山の小さな歯車が噛み合って、大きな何かを動かしている。その設計図を描いているのが目の前の男だと思うと、少し恐ろしいような気さえした。

「彼女は彼との結婚のため皇太后に力添えを頼み、引き換えに余を探ってそなたのことを皇太后に告げた。けれど他ならぬ想い人から説得されて、皇太后の計画を余に教えてくれた。おかげで先回りし、皇太后の罪を公にすることができた。そなたを危険に晒すことなく済めば、もっと良かったが」

アウスラーフは席を立つと、サスランの前に跪いた。そして、サスランの手に掌をそっと重ねる。

「そなたのせいで、余が命を落とすことはない。そなたが命を狙われることももうない。余はアディラ嬢と結婚しない。これでもう、余から逃げる理由はないな、サスラン」

「……殿下……」

間近から藍色の瞳に見上げられ、顔が熱くなった。

「本当に、良いのですか。私が……、私のような者がそばにいて、誰かがまた、私の正体を知ったら……」

「誰の目にも触れさせない。と言いたいところだがそうもいかないだろう。だが、必ず守ると誓う。サスラン、愛していると言ってくれ」

重ねられた手に、ぎゅっと力が籠もる。

応えようと口を開くと、急に息が苦しくなる。

気持ちを口にすることは、恐ろしい。誰にも心を預けてはいけないと、教えられて育ったのだ。

でも、ずっと後悔していた。もし逆行前のあの日、馬車に乗らず、アウスラーフの手を取っていたら。いや、もっと以前から、彼との未来を信じていたら。

サスランは震える手に力を込めて、アウスラーフの手を握り返した。

「殿下、アウスラーフ、アウス……。ずっと、あなたがいれば、何もいりませんでした」

涙が一滴、頬を伝った。アウスラーフが息を呑んだ気配が伝わってくる。

「愛しています」

「その一言を、ずっと待っていた」

そう言うと、アウスラーフはサスランの顎に手を添え、唇を親指の腹でなぞった。

「っ」

「そなたを愛してもいいか？」

下唇を親指で押し、軽く口を開かせながら、アウスラーフが口づけてくる。薄く開いた唇にすぐに熱い舌が入り込んできて、サスランは呼吸を奪われた。

「あの、殿下……このまま、眠るのですか？」

勇気を振り絞って、寝台の上でそう尋ねる。質問を聞いたアウスラーフの長い睫毛が瞬いた。

熱い口づけの後、寝室に連れていかれた。そこには湯と布、それに上等な夜着が用意されていて、アウスラーフは身体を清めて着替えるようにサスランに言うと、自分は奥の続き部屋へと消えてしまった。突然放り出されたように感じ、戸惑いつつも、サスランは言われたとおりに着替えた。迷った末に寝台の端に腰かけて待っていると、同じく夜着に着替えたアウスラーフが戻ってきた。

寝台に横たえられ、口づけの続きを期待して心臓をばくばくとさせていたが、アウスラーフは口づけすらすることなく、そっとサスランの髪を撫で始めたのだった。

「疲れただろう。早く眠ると良い」

穏やかに言われ、自分の夜着をぎゅっと掴む。疲れなど、まるで感じていなかった。ずっと閉じ込めてきた思いを吐き出して、興奮が収まらず、身体が熱い。愛してもいいか、と囁かれた時、当然のように抱かれることを考えたからだ。

「……余と一緒だと、眠れないか？」

「え？」

アウスラーフが優しく笑み、少し身体を離す。

「そなたが触れ合いが得意でないことは、薄々気づいていた。以前はそれでも恋人だという証が欲しくて求めていたが……もう焦らない。これからは、そなたに合わせて、ゆっくり進めよう」

アウスラーフの言葉に、サスランは驚いた。触れ合いが苦手だと思われていたとは。けれど逆行前の振る舞いを思い返すと、確かに心当たりもあった。

「ここの隣が、そなたの部屋になっている。寝台もある。案内しよう」

どう説明したものか困って黙り込んでいると、アウスラーフがそう言って身体を起こそうとする。サスランは思わず彼の夜着を掴んだ。

アウスラーフと別々に眠りたくなどない。特に、今夜は。

「あの……」

「どうした?」

恥ずかしくて仕方がなく、アウスラーフの顔がまともに見られない。けれど、言わずにはいられなかった。

「殿下と……過ごしたいです。ふ、触れてほしいですし、その……」

「……余に、抱かれたい、と?」

アウスラーフの声が少し低くなる。

サスランは耳まで真っ赤になって頷いた。アウスラーフがさらに、探るように聞いた。

「本当に、無理をしていないのか？」

「殿下と触れ合いたくなかったことなど、一度もありません。いつも、本当は、もっと……」

触れ合いたい気持ちを制限してきた。時を戻す前、彼の手を押しとどめたこともあったけれど、それは自分でもよく分からない気持ちが暴走しそうで恐ろしかったからだ。でも、これからはもう、何も隠さなくていい。

「……まずいな。せっかく鎮めてきたというのに」

呟きが耳に届いて、アウスラーフの顔を見る。すると、まるで怒っているかのように視線が鋭かった。

「……触れられたい？」

じっとこちらの顔を見つめたまま、アウスラーフが手を伸ばしてくる。さっきとは打って変わって熱を持った指先に首筋に触れられ、サスランは息を呑みながらも、こくりと頷いた。

アウスラーフがおもむろに身体を起こし、覆いかぶさってくる。そのまま夜着を脱がされそうになって、サスランは彼を押しとどめた。

「明かりを……明かりを消してほしいのですが」

それは、アウスラーフに抱かれる時の習慣だった。恥ずかしいからと、いつも明かりは消してもらっていたのだ。けれどアウスラーフは、すぐに首を振った。

「嫌だ」

「え？」

アウスラーフは覚えていないのだろうか。戸惑って起き上がろうとしたけれど、肩を押され、戻された。

「余を欲しがるそなたを見たい。本当はずっと、余に抱かれるそなたを見てみたかった。はじめから。余すことなく」

「な」

理由を直截《ちょくさい》に説明されて、一気に顔が熱くなる。

明かりを消していたのは、ただ恥ずかしいからではない。許されない行為をしていることも、彼に抱くよく分からない感情も、すべて夜の闇が隠してくれているような気がしていたからだ。

でも、もう隠さなくていい。自分が彼を愛していると分かっている。そして、彼に愛されることは罪ではないと、分かり始めている。

「明かりをつけたままでいいか？」

こくりと頷くと、名前を呼ばれ、口づけが降ってくる。

舌を吸われると、すぐに息が上がる。じっくりと味わうように、一定の速度で弱い上顎を責められ続け、身体が震えた。思わず、すがるように彼の夜着を掴んでしまう。

飲み込みきれない唾液がこぼれ始めると、耳殻を指先で辿られた。

「あ、あふ」

「そなたは口づけが好きだった。それはよく覚えている。ここが敏感なことも。口づけながらくすぐると、すぐに蕩《とろ》けてぐずぐずになって、いつまでもそうしていたくなった」

アウスラーフの言葉通り、指の腹で耳を擦られると、くすぐったさが疼きになって全身に伝わり、頭の芯がぼうっとなる。

「ふ、でんか、あ、これ、あ」

「でもすぐにそなたの息が上がって、目尻に涙が浮かび、かわいそうになる。手が、余を押し返そうと震えていた。……それでも本当は、もっと触れてほしかった？」

吐息を吹き込むようにして聞かれ、さらにくすぐったさが増す。何も考えられずに、サスランはこくこくと頷いた。アウスラーフが嬉しげに笑い、耳殻を食んでくる。

くすぐったさと快感のまざりあった、ぞわぞわとした感覚が止まらない。触れられていない性器がいつの間にか熱を持ち、頭をもたげ始めている。

息継ぎもうまくできず、頭が朦朧《もうろう》として、目に涙の膜が張った。けれど、耳は解放してもらえない。

「っあ！」

口づけが首筋へと下りていく。耳を擦られ続けながら首筋を強く吸われると、達したような強い快感が走って、サスランの身体は大きく撓った。ぽろり、と涙が零れる。

霞んだ目で自分を組み敷く男を見上げると、獰猛な光を瞳に浮かべながらも、口元は柔らかく微笑んでいた。彼はいつも、こんな顔をしていたのだろうか。少し怖くて、でも何かを期待するように、勝手に身体が熱くなってしまう。

「で、でんか」

「素直になったそなたは愛らしすぎて、怖くなる」

呟いた彼が、噛みつくように唇を重ねてくる。彼の手がようやく耳を離れ、喉元を這った。するすると器用に夜着を脱がし、肌を露にする。

熱い掌に皮膚《ひふ》を辿られる。ぴくりと震える箇所があると、そこを指先で何度も擦られた。そうしながら舌を絡められると、自分がどこを触られているのかよく分からなくなる。

「んっ！」

急に強い刺激が走り、敏感な胸の先に触れられたのだと気づく。あっというまにぴんと張り詰めたそこをぎゅっと押し込まれて、腰が跳ねた。強い刺激に息を吐きたくても、唇は塞がれたまま。

こんなふうに刺激を畳みかけられる交わりは、したことがなくて気持ちがついていかない。無意識に身体を捩って逃れようとすると、アウスラーフが体重をかけてきて、押さえ込まれた。逃げようとした仕置きとばかりに、尖った乳首を強めにつままれ、捏ねられる。快感に息が詰まっても、許してもらえない。苦しいのに、性器がじんじんと熱を持って、身体の芯がじくじくと疼いた。

「ここが弱いのも分かっていた。でもすぐに、そなたは首を振って胸元を隠していたな。今日は……止めなくてもいいか？」

「あっ、う、は、はい……」

これ以上触られたら身体がおかしくなりそうで怖いけれど、尋ねられれば頷いてしまう。もっと触れてほしいと言い出したのは自分なのだ。唇が離れほっとしたのもつかの間、今度は膨れ切った乳首を吸い上げられた。

「ふあ……っ」

鋭い快感が走って、さっきよりも大きく、のけぞるように腰が撓る。続けざまにじゅ、じゅ、と根元から吸い上げられると、身体の中で大きな快感が弾けた。

達してはいない。けれど、性器に触れられてもいないのに、達するのに似た感覚を味わっている。いつも逃げ出していた愛撫の先に、こんな快感があったなんて知らなかった。

震えながら、彼を見上げる。

「でんか、もう……」

「もっとか？　ラン」

言葉とともにきゅっと乳首をつままれ、「はぅ」と情けなく喘ぐ。もう片方の手で腰骨から性器までを何度も撫でられ、すっかり張り詰めた性器から、先走りが滲み始めた。

「感じやすいな」

ひどく楽しそうにアウスラーフがサスランの下の衣を取り去る。下着はつけていなかった。上の衣が腕に引っかかってはいるが、ほとんど裸だ。

尖っている乳首や勃ち上がった性器が恥ずかしくて、顔を背け、腕で胸元と股間を隠す。

「駄目だよ、ラン」

アウスラーフは優しく、しかしきっぱりとそう言って、身体を覆う手を外させる。逆らえずに露になった乳首はアウスラーフの唇に含まれ、性器はその掌に包まれた。

「ああ……っ」

　ころころと舌先で胸の粒を転がしながら、アウスラーフの手が性器を扱き始める。二か所を同時に愛撫されれば、これまでにさんざん昂らされた身体はひとたまりもない。急速に腰が重くなり、性器に熱が集中した。

「は、あ、あっ、で、でんか」

　きゅ、と胸を噛まれた瞬間、快感が弾ける。伸し掛かるアウスラーフの肩を掴みながら、あっけなく達した。どく、どく、と精液を吐き出す感覚に支配され、しばしぼうっとする。けれどさほど間を置かずにアウスラーフの手が再び性器を愛撫し始めて、サスランは慌てた。

「い、いま、いきました、殿下」

　アウスラーフとの交わりでは、大抵は二人ともが一度達すれば終わりだった。なのに今日の彼は手を止める気配がない。

　息も絶え絶えに達したことを訴えると、アウスラーフがずり上がってきて耳元で聞いた。

「もっと触れてもいいか？　ラン」

「あ……」

　アウスラーフの手がゆるゆると、性器を扱く。さっき出したものでぐちゃぐちゃになっているそこは、ぬちぬちと卑猥《ひわい》な音を立てた。吐精したばかりの性器には過ぎた刺激に腰が逃げようとするけれど、脚を使って押さえ込まれる。否とも良いとも答えられずにいると、アウスラーフは耳を優しく舐めながら、性器を扱く手の力をだんだんと強くした。

「だめ、だめ……っ」

「愛している、可愛いラン」

耳元で囁かれると、何もかも許してしまいたくなる。強すぎるはずのびりびりとした刺激が、次第に快感にすり替わり、再び射精感がこみ上げてくる。

「や、あ、あっ」

二度目の絶頂は、少し苦しかった。吐精しながら、目の前のアウスラーフの身体にしがみつく。その肌は熱く、汗ばんでいる。彼の興奮が嬉しくて、サスランは彼の胸に顔を押し付け、香りを吸い込んだ。

ふっと、笑ったような振動が胸から伝わってくる。やがて、アウスラーフが右腕を伸ばして寝台の向こうを探った。何を、と思っていると、尻の奥にぬるりとしたものを塗り付けられた。

「んっ」

敏感な個所への刺激に息を呑んだところで、唇を塞がれる。

ぬる、と舌が入ってくるのと同時に、後ろの孔に彼の指先が入ってきた。

「んっ」

あまりの異物感に、時を戻ってからここで受け入れるのは初めてなことに気づく。こんなに、苦しかっただろうか。

固く閉ざしたそこを、ゆっくりと押し広げるような優しい刺激。それでも指一本がどうにか収まる頃には、全身に汗が滲んでいた。

「ゆっくりするから」

そう言われ、こくこくと頷く。けれどそこから、サスランは気の遠くなるような時間を過ごすことになった。


「あ、の、もう、大丈夫ですから、その、また、私だけ……」

じっくりと後孔をほぐされながら性器をゆるく撫でられるうち、再び射精感が高まってきて、サスランはアウスラーフの手を両手で押しとどめた。今日はすでに二回も達している。

アウスラーフはにこりと笑って、サスランの手を払った。

「何度達してもいいんだよ、ラン」

優しくそう言うけれど、それは配慮ではなく命令のようだった。アウスラーフの手が、性器への愛撫を再開する。同時に後孔に挿入した指もぐるりと動かされて、腰が跳ねた。

「でも、あの、今まで、こんな、あ、あ……っ？」

ゆるゆると動いていた手が、追い上げるように性器を絞り始める。強い快感に後ろが収縮し、アウスラーフの指の形がはっきりと分かるほど締め付けてしまい、その刺激に余計喘ぐことになった。押し寄せる肉壁をかき分けるように、アウスラーフの指が遠慮なく動く。

「もっと触れられたいと、そう思っていたのだろう？」

「あっ、あ……あの……は、い、でも、もう、指は……っ、あ」

「そろそろ、もう一度いくか」

耳元でそう囁かれ、不意打ちのようにカリ、と耳朶に歯を立てられる。同時に性器の先端の丸みをぎゅっと絞られて、サスランは三度目の絶頂を迎えた。もうほとんど精液は出ないけれど、身体ががくがくと震え、力が入らない。

それなのに、彼の指は止まらなかった。吐精直後で敏感になった内壁を擦られるたび、気が遠くなりそうだった。

こんな快楽は知らない。アウスラーフはまだ、夜着を寛げてすらいないのに。

「ま、まって、大丈、夫、だから、もう、いれてくださ」

「まだだめだ。この身体では初めてだろう。そなたに少しも痛みを感じさせたくない」

一方的な愛撫から逃れたくて羞恥心を押し殺してねだったけれど、アウスラーフは首を横に振った。

ごく浅い場所を少しずつ確かめるように擦られて、快感に疲れ切った身体に、今度はじわじわとした疼きが広がる。

「もう、いいですから……っ」

「もう少しだけ、我慢してほしい。もっと気持ちよくなれるはずだ」

ぐぱ、と中で指を広げられて、いつのまにか指が二本になっていたと分かる。すぐに三本に増えた指が、ばらばらと中を探り始めた。

やがてある一点を指が掠めた。

「あっ」

酷く感じてしまう、弱点のような場所。ちら、と彼の顔を盗み見ると、ちょうどこちらを見たらしいアウスラーフと目が合う。アウスラーフはにこりと微笑んだ。

「ここが弱い、な？」

「んん――ッ」

ぐりぐり、と突然強くそのしこりのような部分を押されて悶絶《もんぜつ》する。腰が大きく跳ね、指が抜けそうになるけれど、上から押さえつけられ、さらにしこりを捏ねられた。

「いや、やめ、もう」

「どうして嫌がる？　気持ちよくないのか？」

「あッ、あッ、こ、こわい、です、でんか」

やっとの思いで息をしながら見上げると、アウスラーフが覆いかぶさってきた。

底知れぬ欲望をたたえた藍色の瞳と、一瞬目が合う。

「怖くないよ、ラン」

「ふっ、う？」

次の瞬間には、唇を塞がれた。

深く口づけたまま、アウスラーフが再びしこりを捏ねだす。

うまく呼吸ができず、強すぎる快感だけを与えられて、サスランはパニックになった。

まるで身体の主導権を、アウスラーフに握られているみたいに感じる。

目の裏が何度も白み、身体の奥で快感が弾ける。

「う――――っ」

口を塞がれたまま、サスランは再び絶頂を迎えた。ぴんとつま先が伸び、がくんと腰が震えたけれど、性器から精液は出なかった。もう、出尽くしたのだろう。だらしなく垂れた唾液を、アウスラーフの舌がぺろりと舐めとる。

「ありがとう。可愛かった」

「こ、んな、こんな、の、しなかった……っ」

感覚も、呼吸も、全部奪われるような交わりは、いっそ恐ろしくさえある。いつも気遣ってくれた逆行前のアウスラーフからは考えられない。こんな欲望を、ずっと隠し持っていたなんて、知らなかった。

「余はずっとこんなふうにしてみたかった。そなたの全部を暴いて、余しか見えないように。でも、いつも一歩引いているそなたに、求めることはできなかった」

「あ……」

はあはあと、まだ荒い息をつきながら、サスランは目を瞬いた。

逆行前、いつも恐れていたこと。彼の手を押し止めた理由。

「ずっと、わけがわからなくなる、のが、こわくて。気がゆるめば、殿下に、すべてをあずけてしまいそうで……」

真夜中、誰も知らない寝台で、裸で抱き合っても、すべてを見せることはできなかった。

彼の肌はいつも温かく、触れられるたび、彼の愛が伝わってきて泣きたいような気持ちになった。制御できない、得体《えたい》の知れない感情ばかりが大きくなって、どうしていいか分からなかった。だからずっと、抱き合いながらも彼を遠ざけ続けた。

「こわかった、のです、殿下を愛することが」

なんて、自分勝手だったのだろう。

懺悔の気持ちで告白すると、アウスラーフがすっと上体を起こした。

「……そろそろ、入れてもいいか」

「あ、う、あっ――――」

言葉とともに指が引き抜かれ、ぱくぱくと口を開ける孔に、熱いものがぴたりと押し当てられた。アウスラーフの熱を感じて、は、と息を呑む。

ゆっくりと、それは入ってきた。

指とは比べ物にならないほど熱くて重いものに割り開かれる。ぬるぬるになった内壁を余すところなくこすられ、これまでとは桁違いの愉悦が身体を駆け抜けた。

「あ……ま……ま、って」

自分がどうなってしまうのか、サスランは怯えた。

アウスラーフはひどく時間をかけて、時々左右に押し広げるようにして腰を進める。

「あ……!!　あ……!!」

深く。もっと深く。熱い塊が、知らない場所まで進んでいく。内臓を押し上げられる。彼の腰が限界まで押し付けられる。彼の硬い先端が最奥に押し当てられるのを感じた時、サスランは限界を迎えた。

声もなく絶頂する。もう出尽くしたと思っていた精液が、ぴゅく、と微かに先端に滲んだ。

「────ッ」

入れられただけで、達してしまった。信じられない思いのまま、は、は、と短く息をする。

「可愛い。嬉しいよ、ラン」

少ししおれた性器を優しく撫でられる。

「余ももう限界だ。少し、動かしてもいいか」

「う……」

少し休みたかったけれど、乞われれば拒めない。アウスラーフにも、気持ちよくなってほしい。

微かに頷くと、アウスラーフが抜き挿しを始めた。それは気遣うようにじわじわとした動きだったけれど、内壁を押し開かれる感覚だけで、我を失いそうになる。中を掻き混ぜられる感触に肌が粟立ち、思わず手を伸ばして彼の腰を押し返そうとしたけれど、力が入らず何の役にも立たない。

「や、あ、だめ」

反射的に泣き言を漏らしたサスランの頬に、アウスラーフが熱い掌を当てた。

彼の白い額に汗が滲んでいるのが見える。

「もっと欲しい。愛している」

真っ白になりかけていた頭に、その言葉はまっすぐに響いた。

逆行前、愛を囁かれるたび、求められるたび、罪悪感があった。

ずっと、何も返せないと思っていた。応えてはいけないと思っていた。けれども、今は。

「私も、愛しています、でんか……っ」

そう口にした途端、ふわりと身体が浮き上がるような感覚があった。

――すべてを見せてもいい。愛してもいい。愛している。愛している人に愛されて、抱かれている。

ぞくりと肌が騒めき、全身が一層敏感になった気がした。

「あ、あ、なに、これ」

制御できないほどの快感が走って身体がびくびくと痙攣してしまう。内壁がぎゅうぎゅうと彼を締め付け、それに応えるようにアウスラーフの腰の動きが速くなる。

「ラン」

ぱん、ぱん、と腰を打ち付ける音が響くほどに強く穿《うが》たれると、そのたびに気を失いそうになった。

「ラン……っ」

さっき一番奥だと思った場所よりさらに深い場所へ、彼が侵入してくる。

「アウス……っ」

名前を呼ぶと、アウスラーフのものが、ひときわ大きく膨らむ。気持ちの良いしこりを押しつぶされ、最奥にめいっぱい先端を押し付けられて、サスランは悲鳴を上げた。

「ひあっ」

目も眩むような恍惚と共に、サスランは達した。後孔に、熱く濡れた感触がある。アウスラーフもまた、達したようだった。

「愛しています、殿下。ずっと、殿下だけが、ずっと、殿下だけを……」

最後にそう口にして、サスランの意識は途切れた。

口づけの感触に目を覚ますと、湯を使おうと誘われた。

身体がひどく怠《だる》く起き上がれないことを伝えると、アウスラーフはサスランを抱き上げて、奥の部屋まで運んだ。その部屋には脚のついた浴槽があり、湯が張られていた。

濡らした布で身体を拭われ、浴槽に浸からされる。向かい合って座ったアウスラーフがふと後ろを向くと、その背中に記憶の中と同じいくつもの傷があって、サスランは思わず手を伸ばした。

「……サスラン？」

声をかけられ、はっとして手を離したけれど、何をしたかはすでにばれている。

「傷が気になるか？」

「……痛みますか？」

こちらを向き直り、浴槽に背を預けた彼に聞く。逆行前、初めて傷を見た日にも同じ質問したことを思い出す。その時、彼は「平気だ」とだけ答えた。けれど今夜のアウスラーフは「時々な」と教えてくれて、弱い部分を見せてくれたようで嬉しくなる。とはいえ、痛むということを知って、少し辛くもなった。

「……もし、最初から時を戻る前の記憶があったなら、この傷を受けないようにすることもできたのではないですか」

思わずそう聞くと、アウスラーフは浴槽の縁に肘をついて、ゆったりと答えた。

「目覚めた時、なぜ殺されたのかははっきりと覚えていたから、自分がするべきことは分かっていた。アメジア派とも皇太后とも決着をつけ、今度こそ、そなたと生きる。そのために、そなたに出会うまでは迂闊に動いて皇太后に疑われたくはなかったし……この傷は、自分への戒めに、受けると決めた」

「戒め？」

「余の甘さゆえに、命を落としたこと。そなたと生きるため、そのことを忘れないように」

まっすぐにそう言われると、サスランは急に怖くなった。

自分は、アウスラーフがそこまでする価値のある人間だろうか。告白の興奮と、その後の嵐のような交わりを経て、今、落ち着いた心に臆病さが顔を出している。

「殿下は、本当に私でいいのですか。結婚もできず、子も成せず、何の力もない私のような者と」

「……そなたは何を恐れている？」

問われても、自分でもよく分からなかった。でも、何かが怖い。その不安の正体が分からない。言葉に詰まると、アウスラーフが手を伸ばしてきて、濡れた髪を撫でられた。

「すまない。そなたが感情を表すことが苦手なのは知っている。無理して答えようとしなくていい。そなたの気持ちは、分かっているから」

「……本当ですか？」

「本当だ、ラン。そなたほど嘘がつけない人間を、余は知らない。そなたが余を拒んでいる間も、そなたのことは信じられた」

そう言って微笑むアウスラーフに、サスランは少し居心地の悪さを覚えた。

自分でも分かっていなかった気持ちを、どうして、アウスラーフは信じてくれたのだろう。逆行前の記憶があったからだろうか。

「時が戻る前の事を、全部覚えているのですか？」

ふと気になって聞くと、アウスラーフは緩く首を振った。

「死ぬ前の記憶は、大体が夢のように曖昧《あいまい》だ。地名を聞いたり書物を読んだりすると、記憶が蘇ることもあったが。そなたには正確な記憶があるのだろう？」

サスランは頷いた。忘れたくても忘れられないほど、全ての記憶が鮮明だった。それが、時を戻した者と、それに巻き込まれた者の違いなのかもしれない。

「私にも記憶があると、いつから気づいていたのですか？」

「水を届けてくれたのがそなただと分かった時、もしかしたらそなたも余と同様に、時を戻ったのではないかと考えた。そしてそなたによって離れに移されたと分かったとき、はっきりと疑い始めた」

そんなに早くからアウスラーフが疑いを持っていたことを知って、サスランは驚いた。最初に部屋を訪ねてきた時から、アウスラーフはサスランも時を戻ったのかもしれないと考えていたことになる。

「勿論《もちろん》、そなたが時を戻したとは思ってもみなかった。ただ、何故余の前に姿を現さないのか、ずっと疑問に思っていた。出会う機会を窺っているのだろうかとも考えた。けれど結局本来出会うはずの夜になっても、そなたは現れなかった。だから余は自分から会いに行き、そなたの真意を確かめることにした」

それで、自分に記憶があることを、アウスラーフは伏せていたのか。

彼の目に、その時の自分がどう映っていたのか考えると、なんだかいたたまれなくなる。

「そなたはまるで、余と出会うつもりがなかったかのように振る舞った。余を助けようとしているのは明らかなのに、余と関わろうとしない。何度も、余にも記憶があることを明かそうと思ったが、どうしてもできなかった。そなたが余と同じものを求めてはいないことを、感じていたからだ」

前髪を弄んでいたアウスラーフの手が頬を撫でる。されるがままでいると、アウスラーフは掌でサスランの頬を包み込んだ。

「余が求めるほど、そなたは離れていく。それでも、余の願いは変わらなかった。そなたと共に生きていきたかった。そなたもきっと同じことを望んでいると、信じていた」

顔を近づけ、瞳を覗き込まれる。アウスラーフの前髪から水が滴って、頬を伝った。

「時を戻って、そなたのことをよく知らなかったのだと思い知らされた。余を守るとそなたが口にしたとき、初めて本当のそなたを見た気がした。アディラ嬢と結婚しろと告げるそなたを、初めて憎いと思った。それでも愛し続けずにはいられなくて、ただの従者だったとそなたが偽った時、そなたの強さを知った」

「……殿下」

強くなんかない。いつも、再びアウスラーフを死なせてしまう恐怖を振り払うのに必死だった。アウスラーフは二人で生きる道を模索《もさく》してくれていたというのに。

「私は、私こそ、逃げてばかりいたのです。私のようなものが殿下といてはいけないと。それればかりを考えていました。そのせいで、殿下が……」

「そなたのせいではない。余は自分を取り巻く状況を甘く見過ぎていた。そなたと暮らすため、自分が負うべき責務を果たさずに逃げ出した。その当然の報いとして、死んだ。そなたが時を戻し、余を救ってくれてもまた、同じ間違いを繰り返そうとしていた。この戒めの傷も、結局あまり役に立たなかったな」

アウスラーフが自嘲気味に笑った。もう片方の手も伸ばしてきて、両頬を包まれる。

アウスラーフには国を捨ててほしくないと思った。彼は国を愛しているのだと、時を巻き戻した後の対話で気づいたからだ。逆行前の自分こそ身分差に囚われ、線を引き、彼という人をよく知ろうとしていなかった。

「だからそなたに別れを告げられたあの日、国のために生きろと言われ、ようやく本当の意味で目が覚めた。そなたは余の弱さを誰よりも知っている」

サスランは、アウスラーフの瞳に吸い寄せられるように顔を寄せた。唇に口づけ、すぐに離す。

「さっきも言ったが、カドマが皇位継承権を得たら皇籍は返上する。だが、国は出ない。兄上のそばで、国政を支える。そう伝えたら、兄上はひどく喜んでいらした。アメジア民族税の引き下げを成し遂げなくてはいけないし、アメジア派と親皇族派の対立は、まだ予断を許さないからな」

ああ、とサスランは安堵の息を漏らした。

アウスラーフが、まさに居るべきところへ収まったという感じがする。

「正しいご決断だと思います」

「本音を言えば、やはり国などどうでもいい。そなたさえいれば」

「殿下」

にやりと笑ったアウスラーフを、思わず咎めてしまう。

「けれど、多くの人間を思い通りに動かすことは面白くもない。出来事を操り、そなたの願いを叶えられるとなれば尚更だ。そなたのために、国に残る」

逆行前のアウスラーフだったら、決して口にしない言葉だ。けれど、彼らしいと今のサスランには思える。

「皇宮は出る。サスラン、余と生きよう」

そう言われるのは、三度目だ。

一度目は、決して叶うはずはないと、思いながら頷いた。

二度目は、そうしたいと願いながら、首を振った。

今度こそ、受け入れることができる。

胸がいっぱいになって喋れずにいると、アウスラーフは言葉を連ねた。

「皇宮に参るために、皇都の屋敷をひとつ押さえてある。定期的にそこに戻ることにはなるが、そなたに希望があるなら、好きな場所で家を探そう。この屋敷にそのまま住んでもいいし。近頃では、季節ごとに居を変える貴族も多いらしいな。……サスラン？」

いい加減言葉が欲しいと、ねだるように顔を覗き込まれる。

ようやく、サスランは口を開くことができた。

「家などいりません」

「そう言うな。余の財力を心配しているなら、問題ない。使うのは余が個人的な投資で得た財産だ。この国に渡るとき、母に贈与された領地の収益もあるが」

「アメジアに領地をお持ちなのですか？」

「そうだ。十八になるまでは後見人に全てを預けていたが、今は名実ともに余が管理している。情勢が落ち着いたら、いずれ二人であの国を訪れるのもいいな。そなたとなら、したいことはいくらでもある。けれどそなたがいないなら、何をしても意味がない」

「また、そのようなことを……」

「いたって本気だが、そう言うとそなたは怒る。口を噤んでいることにしよう」

薄く笑ったアウスラーフに、首をするりと撫でられる。くすぐったさに身を捩ると、そのまま首を抱き寄せられた。

「そなたが塞いでくれ、サスラン……ラン」

乞われるままに口づけしようとすると、アウスラーフのもう片方の手がサスランの胸元を探った。

先ほどの行為の余韻が残るせいで、胸の突起を掌で転がされるだけで身体がびくんと震え、口づけがままならなくなってしまう。

「手、どけて、くださ、アウス……っ」

「その呼び分けは、わざとやってるのか？」

首を抱く手に力が込められて、唇を合わせられる。同時にきゅっと突起をつまれて、本気で焦った。

「今日はもうむりです……っ」

「大丈夫、触れるだけだ」

こんな強引さは、やはり以前のアウスラーフにはなかった。押しの強さには困ってしまうけれど、同時に、嬉しくもある。彼が、遠慮せずにすべてを見せてくれている。今夜ばかりは受け入れようと決めて、サスランは彼の手に身を委ねた。

翌日、アウスラーフと共に皇帝に謁見《えっけん》することはできなかった。朝、寝台の上で起き上がることすら困難だったからである。

それからひと月ほど時が流れ、アウスラーフがカナデ鎮圧の功績で、皇帝から報奨を受けることとなった。アウスラーフは最後まで式典への出席を拒んでいたが、親皇族派とアメジア派両方への牽制となると説得を続けた皇帝に押し切られる形となった。

カナデ鎮圧のからくりを聞かされた時、サスランはまたしてもアウスラーフを恐ろしく感じた。

逆行前、ユースタス川の氾濫は流域に深刻な影響をもたらした。特にカナデの被害は甚大で、さらには領主によって公然とアス民族の救済が優先され、アメジア民族は鬱憤《うっぷん》を募らせた。その鬱憤がかねてからの不平等な税への不満に火をつける形となり、大きな暴動へと発展していくことになった。

アウスラーフは逆行後、アディラ嬢の想い人であるカナデ領主の息子と接触し、彼に氾濫対策を先導させた。氾濫被害を最小限に食い止めることでアメジア民族が抱く不満は軽減され、領主の息子は洪水で命を落とすことなく、人々の英雄となった。しかし、不平等な税に対する不満は当然ながら依然として各地で燻っていた。

国に残ることを決めたアウスラーフは、この問題の解決に注力した。自身に流れるアメジアの血をうまく利用し、逆行前の暴動の主導者だった男と懇意《こんい》になって、アメジア民族税廃止に向けて芝居《しばい》を打つことにしたのである。

そして領主の息子とも協力し、暴動をでっちあげることに成功する。領主はかねてよりアメジア民族から税を過剰徴収しており、その不正の証拠を息子に掴まれ、大人しくせざるを得なかったという。

捏造した事件を皇都に伝え、派兵させることで戦争で利を得ようと企む貴族の武器密輸の尻尾《しっぽ》を掴み、取引して彼らにアメジア民族税廃止に賛成票を投じさせた。

そして、このカナデ派兵を利用してアウスラーフを亡き者にしようとしていた皇太后の企みを、申し開きの出来ない形で明らかにすることで、中立派までも味方にしたのである。

ユースタス川の氾濫を知っていたという有利があるとはいえ、その鮮やかな手腕に、今や皇帝が彼を手放そうとしないのも頷ける。

アスとアメジアの間で戦争が起これば、国境にあるバンダーク大公領は戦火に呑まれたかもしれない、とアウスラーフは言った。サスランの脳裏にふと炎に包まれる森が浮かび、あの森で出会った老人の「森の神様は森のためにならないことには力を貸さない」という言葉を思い出した。

「式典というのは肩が凝るな。はやく帰って、そなたとの時間を楽しみたい」

大広間での式典を終え、永遠に続くかに思われた貴族たちの挨拶から解放されたアウスラーフは、ため息をつきながら言った。馬車に乗り込み、帰宅を告げようとしたアウスラーフの腕を、サスランは掴んだ。

「帰る前に、第二宮の離れの庭を見に寄りたいのですが」

「ああ、そなたはあの庭を熱心に手入れしていたからな。今は他の者が世話しているはずだが……」

アウスラーフは馬車を離れへと向かわせる。

「水蜜薔薇は、枯れてしまったようです……」

庭に着き、真っ先にそれを確認したサスランは、残念に思いながら背後のアウスラーフに声をかけた。

「今の家で育てたいなら、種か苗を取り寄せよう。必要なら温室も作ると良い」

「……いえ、もう水蜜薔薇は必要ありません」

水蜜薔薇は、もともとアディラ嬢との縁結びのため、育てていた花だ。

振り返ってアウスラーフと目を合わせると、彼はことのほか嬉しそうに微笑んだ。

「その通りだな。しかし、それはそれとして、そなたの望みがいつも気になっている。あまり自分から話さないからな。今、何かしたいことや、欲しいものはあるか？」

改めて問われて、真面目《まじめ》に考えてみる。やりたいことは、意外にもすぐに思いついた。

「泳ぎを覚えたいです。……あと、馬に乗れるようになりたいです」

水泳も乗馬もできず、アウスラーフの負担になったことが忘れられない。

この先の人生には、もう記憶の有利はない。また同じようなことが起きた時、アウスラーフの重荷にならないように。いや、彼を助けることだって、できるようになりたい。

意気込んで言うと、アウスラーフはきりりと、仕事中のような顔つきになった。

「なるほど。そなたは存外行動的だしな。馬はすぐにでも準備できるが、泳ぎか……。今の家は近くに手頃な水場がない。美しい湖か、川がそばにある家を探そう」

「え？」

「そなたは物覚えがいいし、繊細《せんさい》に見えていざという時には大胆にもなれる。すぐにどちらも上手くなるだろう。アメジアよりさらに北に、名馬を多く生む国がある。二人で旅行を兼ねて買い付けに行くのもいいな」

「ちょ、ちょっと待ってください。家を買う必要などありません。分不相応な名馬も」

放っておけばどこまでも発展していきそうなアウスラーフの話を、サスランは慌てて遮った。与えようとするのは、彼の愛情だと分かっている。喜ぶべきだけれど、どうしてか、恐ろしくなってしまう。

「また、不安そうな顔をしているな」

「……そんなに色々していただいても、返すことができません……」

答えながら、サスランは自分の感じていた恐れの正体が、少し分かったような気がした。別に、家や馬だけの話ではない。彼がくれるだけのものを、返せるか分からないから、怖くなるのだ。逆行前もずっとそれを重く感じていたし、今も時々、罪悪感が顔を出す。アウスラーフがしてくれるのと、同じように彼を幸せにできるか分からない。

そもそも、自分の気持ちすらよく分からないような人間が、誰かを幸せにすることなんてできるのだろうか。

「余がそなたに何を与えても、決して大きすぎるということはない。そなたがいなければ、余はすでにこの世にないのだから。哀れな死にたがりを、何度もそなたは救った。そなたに出会って、余の世界は変わった。それより大きな贈り物はない」

きっぱりとアウスラーフが断言する。

そう言われても、不安は消えなかった。

「その……私ばかりが愛されているようで、私はちゃんとできているのか、分からなくて。私はまだまだ未熟で……何もかも、怖がってばかりで」

愛されている、と自分で言うのもおかしいのかもしれないけれど、アウスラーフの愛情は十分すぎるほど伝わってきている。自分が、同じようにできている自信はなかった。

アウスラーフがふと、夕焼けの空を仰ぐ。

「そういえば、皇都の隠れ家で、そなたが大百合を育てていたとハズルから聞いた。……余の結婚を祝うためか？　余が本当にアディラ嬢と結婚したら、どうするつもりだった？」

つられてサスランも、空を見上げた。

見つめ合っているより、話しやすい気がする。

「お届けできないことは分かっていたのですが、確かに殿下の結婚式のために大百合を育てていました。殿下が無事結婚されたら……どこかで庭師として暮らして……殿下の結婚記念日には、その年年《としどし》で花束を作ったかもしれません。殿下に子供が生まれたら、それを祝って木を植えたでしょう。どこにいても、殿下の幸せをお祈りしたと思います」

隠れ家で暮らす間、何度となく想像した未来だから、すらすらと答えられた。けれど、話してみると少し未練がましい気もして、恥ずかしくなる。

アウスラーフからは反応がなく、不思議に思って彼を見ると、彼は顔を伏せ、何かを言いかけては言葉を詰まらせている。こんな彼は、珍しかった。どうしていいか分からずもじもじとしていると、急に肩を抱き寄せられる。

「そなたはそのままでいい。無理に変わる必要もない。そなたが恐れるのは、誠実だからだ。ありのままのそなたを、愛している」

抱きしめられ、少し掠れた声で囁かれ、サスランは目を瞠った。思えば、アウスラーフはいつも、ただ受け入れてくれた気がする。時を戻す前、彼の腕の中で、縮こまってしまっていた頃から、ずっと。

「はい、私も……」

精一杯そう言って、サスランはアウスラーフの胸に顔を埋めた。

しばらくそうしていると、近くを通る馬車の車輪の音があたりに響いて、サスランは反射的に身体を離した。アウスラーフとの関係を知られないように振る舞う習慣は身体に染みついていて、なかなか抜けそうにない。

申し訳なく思いながらアウスラーフを見上げると、彼は微笑みながら気にするなと言うように首を振って、手を差し伸べてきた。その掌に手を載せると、アウスラーフがそっと握って歩き始める。

季節の花が色とりどりに咲き誇る庭を、手を繋いでゆっくりと進む。

「余は月桃花が好きだったと、そなたは言ったな」

「……ええ。今の殿下には、ない記憶かと思います。時を戻す前、殿下と出会った夜に植えようとしていたのが、月桃花だったのです」

「そなたが冬の庭で種を蒔こうとして、出くわした余を救ってくれたことは思い出せるのだが……その花の名は覚えていなかった」

「取るに足らないことです、殿下」

悔しそうに言うアウスラーフに、努めて明るい声を出す。しかしアウスラーフは難しい顔のまま歩を進めた。けれど、ふいに足を止める。

「この場所には、八重菫が咲いていたな」

「よく覚えていらっしゃいますね。あれは秋に咲く菫なのです」

秋の舞踏会で、アディラ嬢に贈る花を選んだ時の事を言っているのだろう。

あの日の苦しさを、よく覚えている。水蜜薔薇を咲かせられなかったことへの悔いだと思い込んでいたけれど、アウスラーフが令嬢に求愛することが辛かったのだと、今なら分かる。

彼と共に未来を歩めないことに、絶望していた。

「あの舞踏会の夜、本当はそなたに口づけたくて仕方がなかった」

アウスラーフがそっと囁く。

「サスラン、二度とそなたに時を戻させない。もう一片たりとも、そなたとの記憶を失いたくはない。これからも共に生きてくれ。余とそなた、どちらかの時間が尽きるまで」

それこそが、欲しいもので、したいことで、それ以外は何もいらない。

じわりと、目尻が潤んだ。

そして、まだ一度も答えを返していないことに気づく。口を開こうとすると唇が震えたけれど、大きく息を吸った。

「はい、殿下。死ぬまで、殿下のおそばに。殿下と共に」

あの晩受けられなかった口づけを、サスランはそっと受け取った。

了

■あとがき■

はじめまして、または拙作《せっさく》を再び手に取って下さりありがとうございます。手嶋《てしま》サカリです。

今回は、時間逆行／タイムスリップのあるファンタジーを書かせていただきました。皇子・アウスラーフと恋に落ち、そのせいで彼を失った庭師のサスランが、時を逆行し、恋を封印して皇子の命を救おうとするお話です。サスランが、時を戻ったことで恋に気づくお話でもあります。

タイムスリップは好きなジャンルの一つで、今回挑戦できて嬉しいです。

前作の現代ものがシリアスだったので、可愛らしい感じにしようと思って書き始めたのですが、書き終えてみると結構シリアス寄りになったような気がします。

読んでくださる方に、少しでも楽しんでいただけたら幸いです。

唯一無二《ゆいいつむに》の世界観でサスランとアウスラーフを描いて下さったyoco先生に感謝いたします。書いている間はあまりビジュアルの想像をしないので、イラストを最初に拝見するときはいつも驚きがあるのですが、今回は特に新鮮に感じました。幻想的なサスランとアウスラーフをありがとうございます。

タイムスリップものに四苦八苦《しくはっく》し、担当様には大変ご面倒をおかけしました。毎回、なんとか話が完成に向かうのは担当様の適切な助言のおかげだと思っています。

前作のあとがきでも同じことを書いたのですが、色々と環境が変わる中、書き続けられることに幸せを感じています。

今作に関わって下さったすべての方に心からの感謝を込めて。

また、どこかでお目にかかれるよう祈りつつ。

手嶋サカリ

初出
「死にたがりの皇子と臆病な花守」書き下ろし

CHOCOLAT
BUNKO

この本を読んでのご意見、ご感想をお寄せ下さい。
作者への手紙もお待ちしております。

ショコラ公式サイト内のWEBアンケートからも
お送りいただけます。
http://www.chocolat-novels.com/wp_book/bunkoenq/

死にたがりの皇子と臆病な花守

2023年2月20日　第1刷

著　者:手嶋サカリ
発行者:林 高弘
発行所:株式会社　心交社
〒171-0014　東京都豊島区池袋2-41-6
第一シャンボールビル7階
(編集)03-3980-6337 (営業)03-3959-6169
http://www.chocolat_novels.com/
印刷所:図書印刷 株式会社

好評発売中！

CHOCOLAT BUNKO

俺はお前と恋愛するつもりはない

蟻の婚礼

手嶋サカリ　イラスト・Ｃｉｅｌ

女王を頂点とした《蟻人》と《人間》の世界。女王が崩御し、《人間》ミコトに次期女王の御印が現れる。二十日間で女王とならなければ、待つのは死。その儀式に共に臨み交わらねばならない王候補の《翅を持つ蟻人》ハヤトは冷たいが、儀式によって発情させられた身体は彼を求め…。

悪い子にはお仕置きだな

プライベートバンカー

手嶋サカリ　イラスト・小椋ムク

メガバンクで働く清吾は御曹司・祠堂の対応を任されるが成果ゼロに終わる。失意の中、思いがけず祠堂と再会し挽回を試みるが、うっかり「クソ金持ち」呼ばわりしてしまう。それを面白がった祠堂は、なぜか清吾にキスし、翌日には新規口座開設&五千万の入金までされ…。